王长海 甘以诺 编著

山东教育出版社

图书在版编目（CIP）数据

宋词吟诵基础 / 王长海，甘以诺编著 . — 济南：山东教育出版社，2021. 4

ISBN 978-7-5701-1638-6

Ⅰ. ①宋… Ⅱ. ①王… ②甘… Ⅲ. ①宋词－诗歌欣赏 Ⅳ. ①I207.23

中国版本图书馆 CIP 数据核字（2021）第 056503 号

SONGCI YINSONG JICHU

宋词吟诵基础　　王长海　甘以诺　编著

主管单位：山东出版传媒股份有限公司

出版发行：山东教育出版社

地址：济南市市中区二环南路 2066 号 4 区 1 号　　邮编：250003

电话：（0531）82092660　　网址：www.sjs.com.cn

印　刷：山东新华印务有限公司

版　次：2021 年 4 月第 1 版

印　次：2021 年 4 月第 1 次印刷

开　本：710 毫米 × 1000 毫米　1/16

印　张：12.5

字　数：154 千

定　价：29.80 元

吟诵，中华传统读书法

——感受母语文化，培养君子之风

上下五千年，悠悠诗词情。古人说：不读诗词，不足以知春秋历史；不读诗词，不足以品文化精粹；不读诗词，不足以感天地草木之灵；不读诗词，不足以见流彩华章之美。从《诗经》开始，历经汉魏六朝，及至唐诗巅峰，宋词妩媚，元曲风流，明诗论理，清词赏情……中国人的每一种心境，似乎都被古诗词吟咏过了。

吟诵是我国几千年来的传统，但凡读书人都会吟诵。只因1912年时民国政府下令废止读经之后，学校才断绝吟诵之声。近年来，随着国学热的升温，人们对吟诵越来越感兴趣。吟诵可以帮助人们更好地理解古诗文，因为我国诗歌的含义不仅通过文字来表达，还通过声调、韵律、节奏、曲调等声音形式来表达。吟诵可以激发学习兴趣，促进记忆。吟诵能让学习者接触真正的中国传统音乐精神，感受母语文化魅力，养成君子之风。

山东省枣庄市的王长海、甘以诺二位同志酷爱古诗词。近几年，他们利用业余时间学习研究吟诵，同时结合多年的积累，参阅大量书籍，编写出《唐诗吟诵基础》和《宋词吟诵基础》。这些篇目既有名家名作，又兼顾一般，体裁多样，内容广泛。尤其“吟诵基础”一编，列举了许多古诗词吟诵的方法和技巧，同时还附有多位名家的66个吟诵音频。吟诵是中华传统读书法，我衷心希望广大青少年能对其继承和发扬，从而为国家的文化建设作出一定的贡献。

首都师范大学教授 徐健顺

2020年5月1日

凡　例

吟诵基础部分

一、吟诵标识。吟诵者对押韵、节奏、平仄的处理，在文中分别用不同的符号予以标明：以“黑体字”表示韵脚，以“/”表示吟诵节奏，以“—”和“|”分别表示平声和仄声，以“△”表示入声字。

二、本部分附录了古诗词中常见入声字、部分吟诵名家简介以及徐健顺教授等多位名家的诗词文吟诵音频66个（扫描第35页二维码，即可学习欣赏吟诵音频）。

吟诵篇目部分

一、正文部分。对入声字和韵脚进行标注，分别在字下用“△”和“黑体字”表示。为减少篇幅，平声字和仄声字不再标明，有一定普通话水平的读者自可掌握。

二、注释部分。注释力求准确、易懂，一般采用传统通行的说法。

三、译文部分。译文力求简洁明了，更符合当代人的阅读欣赏习惯。

四、赏析与吟诵部分。根据每首诗词的不同情况作简要提示。

目录

第一编　吟诵基础

第二编 宋词吟诵

第一编 吟诵基础

第一章　吟诵概述

一、吟诵的意义

（一）学习欣赏诗文的需要。中国是一个诗的国度，两三千年以来，我们的先人创作了数量惊人的古诗词。这些诗词体现了中华民族的文化精神和审美情趣，是历代读书人汲取精神营养的重要源泉。所谓“熟读《唐诗三百首》，不会吟诗也会吟”，说的就是学诗要动口。

宋代大儒朱熹主张“读书有三到，谓心到、眼到、口到”。所谓“口到”即是要大声地吟哦、诵读出来。苏东坡说：“三分诗，七分读。”明代李东阳云：“诗必有具眼，亦必有具耳。眼主格，耳主声。”清代曾国藩在家书中说：“君子有三乐。读书声出金石，飘飘意远，一乐也。”这都是先贤们的经验之谈。朱光潜先生说：“写在纸上的诗只是一种符号，要懂得这种符号，只是识字还不够，要在字里见出意象来，听出音乐来，领略出情趣来。……能诵读是欣赏诗的要务。”

读一部戏剧的剧本和看这出戏的演出，读一份菜谱和品尝这份菜谱上的大菜，其感受是完全不同的。默读诗词和吟诵诗词之间的差别也在于此。

读者总要把自己的经历、感受和所读诗文的意境结合起来产生共鸣，才能对诗的理解更加深刻。

（二）创作诗文的需要。中国古典诗歌一般都讲求音节，尤其是近体诗和词。不仅字的多少有定数，句子的长短有定式，且字的平仄有定声。今天用这种文体创作，也必须遵守这三项要求。这是源于音乐母体，便于吟诵的需要。

（三）开展诗教的需要。《论语·泰伯》载："兴于诗，立于礼，成于乐。"就是说欲修身，应先学诗；欲立身，必学礼；欲成性，必学乐。孔子还说"不学诗，无以言"，"入其国，其教可知也，温柔敦厚，诗教也"。诗教，奠定了后世中国文化基本的文学、审美和致思方向。苏轼在《和董传留别》诗中说："腹有诗书气自华。"说的是诗教对塑造人和加强人的涵养的重要性。

南北朝刘勰《文心雕龙》载，"吟咏之间，吐纳珠玉之声；眉睫之前，卷舒风云之色"。宋代陈师道《后山诗话》中说，柳永的词"天下咏之"。叶梦得《避暑录话》中说，西夏归来的使者告诉他，"凡有井水饮处，即能歌柳词，言其传之广也"。明清两朝吟诵尤为发达。吟诵比朗诵更具音乐美。朗诵和吟诵各有所长，不可相互替代。

（四）传承传统文化的需要。著名学者叶嘉莹先生讲："我以为中国古典诗歌之生命，原是伴随着吟诵之传统而成长起来的。古典诗歌中的兴发感动之特质，也是与吟诵之传统紧密结合在一起的。"中国的汉字先天就被赋予了音节美的特性，独体单音节、易表情是它的优势。且从造字之始，汉字就特别注意形、音、义三者紧密结合，这在世界上是独一无二的。

二、吟诵的概念及其分类

（一）吟诵的概念。《现代汉语词典（第五版）》对"吟诵"释义为："泛指读书；谓有节奏地诵读诗文。"2010年中国语文现代化学会

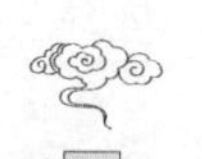

吟诵分会成立，正式确定“吟诵”一词的内涵为吟咏诵读。

但是关于“吟诵”概念的解释，学术界仍在热烈讨论之中。首都师范大学赵敏俐教授称吟诵是中华民族传统的读书方式，古诗文的口头创作和表达方式，其源甚古。北京语言大学王恩保教授认为，吟诵是介于念读与歌唱之间的中国古典文学作品的一种口头表现方式，是吟诵者通过声音形象来表达自己所感悟的诗文内容与情感的一种艺术形式。它既是古人的一种读书方法，又是欣赏和创作古诗文的辅助手段。

吟诵有三个特点：一是传统性。其世代相传，面授心悟。二是地方性。中国幅员辽阔，方言种类众多，形成了“南腔北调”的现象。三是即兴性。吟者无谱可依，只凭借自己当时的感兴而发。

（二）吟诵的分类。一是诵读，指以抑扬顿挫的腔调大声朗读或背诵。它能表达古诗文的情意，对汉字的声调、平仄、韵脚、节奏及诗文的情趣都有所体现，诵读没有旋律，不能用音符记录下来。二是吟咏，“吟”是哼唱，“吟诗”就是古代诗人即兴自由唱。它通过延长声腔，把诵读所能传达的内容用乐音表现出来，有音阶和简单的旋律，和吟者心声同步。它没有完整固定的曲谱，只有大致相似的腔调，其展现的重点是诗词的语言美。

三、吟诵的历史发展

吟诵是我国古代读书人诵读诗文的方法，有两三千年的传统。《周礼·春官宗伯》记载，周代的国子之教中有“兴、道、讽、诵、言、语”等读书方法。“兴”是读诗时应具有的一种感发能力，就是“心”。只要心动，就会兴发，就有感动。“道”是引导。“倍文曰讽，以声节之曰诵”，诗不但要背，且读时还要有节奏。“发端曰言，答述曰语。”“言”和“语”是引用诗句以为酬应对答的一种练习。《诗经·大雅·烝民》有“吉甫作诵，穆如清风”。可见“诵”的起源是很早的。《墨子·公孟篇》曰：“诵诗三百，弦诗三百，歌诗三百，舞诗三百。”意谓《诗》三百余篇，均可吟诵，用乐器演奏、歌唱、伴舞。《庄子·天运》：“倚于槁梧而吟。”可见“吟”起源于先秦。“吟”和“诵”在先秦时代都是单音节词，没有组合在一起。

《楚辞》是“吟”出来的，汉赋是“诵”出来的。隋唐时代是中国诗歌吟诵普遍流行的时代，吟诵成了诗人的普遍爱好，成了唐代的一种风尚。五言、七言律诗从初唐到中唐逐渐形成了规则，吟诵的规则也随之逐渐定格。“诵”后来衍生为朗诵和吟诵两个分支。

明清两朝吟诵尤为发达。后来民国政府下令废止读经之后，学校才断绝吟诵之声。1920年唐文治办无锡国专，大力提倡吟诵。1934年、1948年唐文治两次录制唐调唱片。“唐调”大行于江南，散布自今，也是桐城派吟诵调的一个分支。赵元任先生1920年首次研究吟诵，并写成论文，1922年他录制6首诗词吟诵调。1933年叶圣陶、夏丏尊在《文心》一书中发明使用了中国最早的吟诵符号。20世纪三四十年代，唐文治、夏丏尊、叶圣陶、朱自清等一批学者为恢复传统吟诵方法，作出了很多努力。

1997年陈少松《古诗词文吟诵研究》出版，并在南京师范大学开设吟诵选修课，影响很大。2007年北京师范大学、徐州师范学院等联合成立吟诵诗社。2008年首都高校吟诵传承联谊会成立。2008年江苏常州吟诵列入国家级非物质文化遗产名录，2009年3月常州吟诵的传人确定共9人。

如今，吟诵在我国几乎成了一门绝学，有面临失传的危险。

反观国外，目前在韩国、朝鲜、日本、越南、马来西亚等国家，

仍保留着汉诗文吟诵的传统。韩国的一些大学还设置了唐诗宋词吟诵的专业课程。在日本，吟诵称为诗吟，其各种诗吟团体遍布各地，爱好者成百上千万，不仅爱好者之间经常交流比赛，而且团体之间也经常举行交流大会。

四、如何吟诵

随着当前国学普及工作的展开，如何吟诵古典诗文成了人们关注的热点。吟诵时要注意以下几点：

（一）聆听。吟诵的学习要从听音频慢慢模仿开始，逐步引导和培养兴趣。首先立足于传统吟诵调的学习，逐渐掌握吟诵的基本要领，然后融入自己的意趣。

（二）学吟。吟诵这一古老的读书方式现在仍然在发展变化之中，既要保持古典吟诵的典雅，又要让青少年容易接受。我们认为先学陈琴老师的吟诵，后学徐健顺、陈少松、王恩保、张本义等诸位名师的吟诵，最适合初学者学习和模仿。

（三）举一反三。只有反复吟诵，才能不断提高。吟诵一生，修身养性，乃人生一大乐事。要把学会的吟诵调用在同样的文体上，但是要注意按照字音和含义的不同加以变化。

（四）创调。全国各地的吟诵调千差万别，有的用方言吟诵。吟诵有极大的个性，每个人都有自己的腔调、习惯、理解，这些都会产生不同的吟诵调，只有这样才是真正的吟诵。要在符合吟诵规则的基础上，结合诗人的身世、创作背景、诗词的内容，更好地把握诗词的意蕴，创造出属于自己的吟诵调，当然这需要循序渐进和长期的积累摸索才能做得到。

第二章　吟诵规则与方法

一、押韵

《说文解字》释“韵”字为“和也。从音员声”。《文心雕龙》曰：“异音相从谓之和，同声相应谓之韵。”我国在隋以前无韵书。隋代陆法言首创了韵书《切韵》，后经唐代孙缅修订为《唐韵》，宋代程彭年在前两书的基础上进一步修订为《广韵》。元代末年，阴时夫在平水韵的基础上，考定诗韵为106韵。清代的《诗韵集成》《诗韵合璧》《佩文韵府》等韵书也是106韵，并沿用至今。

押韵是诗歌的基本要素之一，我国的民歌、诗、词、曲无不押韵，所以诗歌又叫韵文。押韵可以使诗歌读起来顺口，听起来悦耳，容易记得住，传得开。

（一）诗的押韵

古体诗的押韵比较自由，隔句押、句句押、平声押、仄声押都可以，一韵到底或换韵都可行。押入声韵的诗词，很多都是表达痛苦、坚韧、感慨、愤懑等情绪的，吟诵入声字要有顿挫凝滞之感。

近体诗一律押平声韵，一韵到底。双句入韵，首句可押可不押。凡韵母相同或相近的字，虽不在同一个韵部，可以通押。押韵的字吟诵时应注意拖长。

如：王之涣《登鹳雀楼》中的韵字“流、楼”，在吟诵时应注意拖长。

登鹳雀楼

王之涣

白日依山尽，黄河入海**流**。

欲穷千里目，更上一层**楼**。

再如：贺知章《咏柳》中的韵字“高、绦、刀”在吟诵时也应当拖长。

咏　柳

贺知章

碧玉妆成一树**高**，万条垂下绿丝**绦**。

不知细叶谁裁出，二月春风似剪**刀**。

（二）词的押韵

词的押韵比诗复杂，而且变化很多，这里介绍几种主要的押韵格式。

1. 押平韵格的词。其和近体诗的押韵方式相同，一韵到底，这在词中居大多数。如蔡伸《十六字令》：

天！休使圆蟾照客**眠**。人何在？桂影自婵**娟**。

押平声韵的词牌有《浪淘沙》《江南春》《江城子》《浣溪沙》《长相思》《采桑子》《朝中措》《鹧鸪天》《临江仙》《破阵子》《满庭芳》《水调歌头》《八声甘州》《沁园春》等。

2. 押仄韵格的词。如秦观《好事近·梦中作》:

春路雨添花，花动一山春**色**。行到小溪深处，有黄鹂千**百**。
飞云当面化龙蛇，夭矫转空**碧**。醉卧古藤阴下，了不知南**北**。

押仄声韵的词牌有《如梦令》《天仙子》《生查子》《点绛唇》《霜天晓角》《卜算子》《忆秦娥》《声声慢》《念奴娇》《鹊桥仙》《蝶恋花》《青玉案》《苏幕遮》《桂枝香》《水龙吟》《渔家傲》《永遇乐》等。

3. 押平仄韵转换格的词。如王安石《菩萨蛮》:

数间茅屋闲临**水**，窄衫短帽垂杨**里**。花是去年**红**，吹开一夜**风**。　　梢梢新月**偃**，午醉醒来**晚**。何物最关**情**？黄鹂三两**声**。

“水、里、偃、晚”押仄声韵。“红、风、情、声”押平声韵。

押平仄韵转换格的词牌有《南乡子》《调笑令》《菩萨蛮》《更漏子》《喜迁莺》《清平乐》《虞美人》等。

词既可以押平声韵，也可以押仄声韵。一首词里也允许同时押平声韵和仄声韵。有兴趣的朋友，可以参看龙榆生编著的《唐宋词格律》等书。

附录　古诗词中常见的入声字

一画：一　乙

二画：七　八　十　入　力　卜

三画：夕　习　及　与

四画：六　日　月　不　木　曰　尺　历　忆　扎　仆　什　切　乏

五画：汁　白　叶　发　石　玉　节　北　立　灭　出　扑　术　末
乐　疋　目　只　约　失　击　札　凸

六画：百　宅　合　竹　曲　回　划　压　协　伏　各　杂　吃　伐
级　夺　色　夹　执　毕　决　达　吉　列　杀　则　朴　托

七画：识　阿　别　作　局　足　即　没　角　伯　却　极　麦　彻
谷　折

八画：泊　杰　刮　服　牧　屈　刻　析　昔　学　迭　择　泽　责
的　闸　织　易　侄　若　竺　忽　拔　炙　卓　物　卒　侧
胁　抹　岳　直　押　泣　拙　国　侠　迪　驿　拂　拘

九画：客　复　绝　突　勃　独　度　适　恰　觉　柏　药　罚　挖
剥　说　贴　食　拾　蚀　叔　轴　急　阂　活　洛　笃　思
阁　促　酌　浊　茁　桼　结　洁　拭　迹　峡　匣　骨　咽
毒　咳　俗　阂　荚　浑　屋

十画：席　疾　郭　读　索　绿　值　屐　积　息　笔　啄　悦　莫
浥　逐　贼　捉　卓　缺　敌　格　烛　哭　轼　铎　恶　铁
烈　浙　屑　绦　翁

十一画：宿　鹿　雀　雪　得　欲　笛　族　绩　惜　著　着　揖
越　脱　粒　笠　敕　勒　鸭　接　菊　脚　属　熟

十二画：寂　答　塔　落　鸽　插　跌　栗　幅　辍　淑　湿　跋
植　割　阔　雳　戟　悉　辑　掣　腊　裂　福　黑　筑
博　凿　蛱

十三画：塞　阖　媳　漠　阙　慕　瑟　谪　歇　叠　隔

十四画：密　滴　碧　箬　蜡　碣　漫

十五画：额　德　踏　墨　樾　撒　踢　碟

十六画：鹤　橘　辙　薄　凝　薛

十七画：簇　壑　濯　瀑

二十画：籍

二十一画：霹

二、平仄

（一）四声

汉字的四声，是由于字音的高低、升降、长短的不同而形成的。例如声母m和韵母a，拼起来就有四种不同的声调：妈（mā）、麻（má）、马（mǎ）、骂（mà）。

为了说明普通话音高的变化，可以采用五度制声调符号，用下图表示。

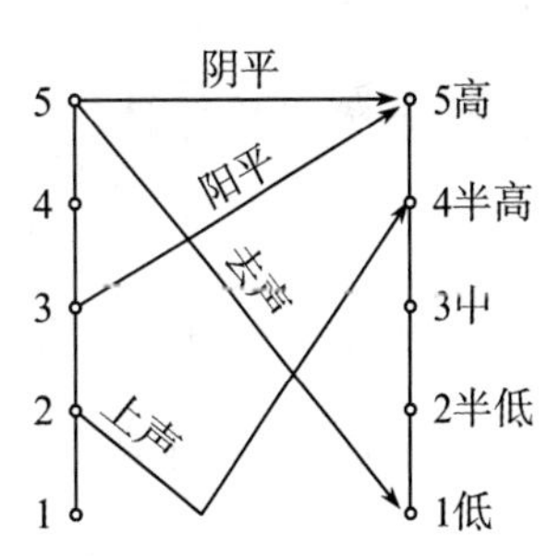

一声（阴平）高平调，调值是55。

二声（阳平）中升调，调值是35。

三声（上声）降升调，调值是214。

四声（去声）全降调，调值是51。

举例说明普通话的四声：

清晴请庆　　曲渠取趣　　乎胡虎户　　昌常场唱

吃迟耻斥　　诗实史示　　包雹宝报　　鸭牙雅亚

坡婆叵破　　科壳可课　　抽绸丑臭　　辉回悔会

川传喘串　　猜才采菜　　村存忖寸　　刀捯岛道

多铎躲垛　　方妨访放　　飞肥匪废

古代汉语四声与现代汉语四声有所差别。

平声：包括普通话中的阴平和阳平。

上声：即第三声。古汉语里一部分上声字，按照今天的读法已变成了去声字。

去声：即第四声。古汉语中的一小部分去声字，按照今天的读法已变成了上声字。

入声：古代汉语中入声字读音非常短促，现在已变为普通话中的四声。但在浙、皖、闽、赣、粤等地方言中，入声字还有保留。

四声和韵的关系是很密切的。在韵书中，不同声调的字不能算是同韵。在诗词中，不同声调的字一般不能押韵。我们要特别注意一字两读的情况。

辨别四声是辨别平仄的基础。

（二）诗的平仄

人们把四声分为平仄两大类。平就是平声，包括普通话里阴平和阳平。仄就是上、去、入三声。仄，按字义解释，就是不平的意思。讲究平仄是格律诗最主要的特色之一。古体诗对诗句中平仄安排的要求虽然不是很严格，但大体也要安排得适当，才能使诗句声调高低起伏，富有音乐性，以增强艺术效果。

平仄在诗句中是怎样交错的呢？可以用一句话概括，即平仄在本句中是交替的，在对句中是对立的。

如白居易《问刘十九》“绿蚁新醅酒，红泥小火炉”，这两句诗的平仄是：仄仄平平仄，平平仄仄平。

再如刘禹锡《酬乐天扬州初逢席上见赠》“沉舟侧畔千帆过，病树前头万木春”，这两句诗的平仄是：平平仄仄平平仄，仄仄平平仄仄平。

在近体诗中，每句中的各个节奏之间的平声、仄声交错使用的情况叫作平仄交错。每一联出句和对句之间，凡是作为节奏使用的平仄声字，两句要互相对立，不能相同，这叫平仄对立。上联对句和下联出句之间，作为节奏的平仄声字要相同，这叫平仄相粘。

平仄交错使每一句诗的韵律都具有起伏变化，而平仄的粘对则构成了诗的整体韵律的反复变化，这为吟诵打下了良好基础，提供了广阔的空间。

（三）词的平仄

词的特点之一就是全部用律句或基本上用律句，以七言和五言律句最为明显。有些词就是从七绝或七律转换而来的，如《浣溪沙》共四十二字，由六个律句组成。下阕开头用对仗，与律诗颈联用对仗相同。其他句式格律如下：

二字句。一般第一字平声，第二字仄声，而且常常是叠句，如“团扇，团扇”。

三字句。以七言律句或五言律句的三字尾为句。即平平仄、平仄仄、仄平平、仄仄平。平仄仄如“花弄影”，仄平平如“左牵黄”。两个三字律句用在一起如“青箬笠，绿蓑衣”。

四字句。就是用七言律句上四字为句。即平平仄仄、仄仄平平。仄仄平平如“怒发冲冠”。两个四字律句连用如“乱石穿空，惊涛拍岸”。

六字句。就是四字句的扩展，把平起变为仄起，仄起变为平起，扩展成六字句。即平平仄仄平平，仄仄平平仄仄。仄仄平平仄仄如“我欲乘风归去”。两个六字律句连用如“七八个星天外，两三点雨山前”。

八字句。往往是上三字下五字。第三字与第五字往往平仄相对，下五字一般用律句，第三字用平声，如“莫等闲、白了少年头”。

九字句。往往有三种格式，即上三下六、上六下三、上四下五。一般由两个律句组成，至少下六字或下五字是律句。如“浪淘尽，千古风流人物”。

十一字句。常见的两种格式，一般是上四下七或上六下五，下五字一般是律句，如“不知天上宫阙，今夕是何年”。

三、对仗

（一）诗的对仗

诗词中的对偶，也叫作对仗，俗称对子。古代的仪仗队是两两相对的，这是“对仗”这个术语的来历。在诗词中，一联的出句（上句）和对句（下句）成为对偶的，叫对仗句。

在对仗句里，有自对和句对之分。自对即在本句内对仗，如杜甫《清江》“自来自去梁上燕，相亲相近水中鸥”。与对句相对仗的，称为句对，如崔涂《旅怀》“蝴蝶梦中家万里，杜鹃枝上月三更”。再如李白《独坐敬亭山》“众鸟高飞尽，孤云独去闲”。

对仗是中古时期诗歌格律的主要特点之一。它是把表示相同或对立的概念放在同一联两句相对应的位置上，使之呈现出相互映衬的状态，进而使语句更具有韵味，更能增强词语的表现力。

对仗是由汉魏时代的骈偶文发展而来的。

对仗的一般规则，是名词对名词，动词对动词，形容词对形容词，副词对副词。实际上，名词还可以细分为若干类，同类名词相对被认为是工整的对偶，简称“工对”。如山对海、雨对风、花对草、阁对楼等；根据习惯，莺声对草色、诗千首对酒一杯也算工对。宽对是指句型相同、上句与下句相对应的词词性相同的对仗，它不要求名词的小类相对，如烟对井、潮对剑、杖对琴等。又如天下计对老臣心、青天外对白鹭洲，其词性、词组对得不那么工整，也叫宽对。介于工对与宽对之间的还有邻对，是指名词小类中相邻两个小类的名词的对仗。名词可细分为天文、时令、地理、宫室、服饰、器用、植物、动物、人伦、人事、形体等。如雨（天文）对秋（时令），村（地理）对露（天文），柳（草本）对莺（鸟兽）等。不论工对、邻对，还是宽对，词或词组平仄都是对立的。

对仗可使诗句在形式上和意义上都显得整齐匀称，给人以强烈的美感。汉语的特点特别适宜于对偶，因为汉语单音词较多，即使是复音词，其中的词素也有相当的独立性，容易造成对偶。单音节词如：天、江、牛、黄、出、册、肥等。双音节词如：乡村、新娘、夏天、主流、审美等。

对仗还有几种特殊形式。依照对仗内容分为事对、言对、正对、反对等各种类型，对仗还可分为当句对、流水对、借对等。

1. 当句对（句中对）。在诗句中，一些字词同另一些字词相对，有时字数并不相等。如“山重水复疑无路，柳暗花明又一村”中的“山重”对“水复”，“柳岸”对“花明”。如“青山簇簇水茫茫”中的“青山簇簇”对“水茫茫”。

2. 流水对（走马对）。上下两句的意思连贯一气，一般有承接、递进、转折、假设、因果等关系，单独一句不能把意思表达出来或不能完全表达出的，叫流水对。如“野火烧不尽，春风吹又生”“即从巴峡穿巫峡，便下襄阳向洛阳”。

3. 借对。借字义的，如“酒债寻常行处有，人过七十古来稀”中，七尺或八尺为寻，二寻为常。故“寻常”对“七十”。借音的，如

“因荷（何）而得藕（偶）”对“有杏（幸）不须梅（媒）”，这种谐音对妙趣横生，很有意思。

4. 错综对。对仗时字词位置不是依次相对，而是交错相对。如“裙拖六幅湘江水，鬓耸巫山一段云”，“六幅”对“一段”，“湘江”对“巫山”。

5. 扇面对（隔句对）。在诗中，单句与单句对，双句与双句对就是扇面对。如白居易《夜闻筝》中的四句：“缥缈巫山女，归来七八年。殷勤湘水曲，留在十三弦。”

此外还有领字对、领句对、押韵对等。

（二）词的对仗

词的对仗，有固定对仗的，有一般对仗的，还有自由对仗的。

固定对仗的，如张孝祥《西江月 · 丹阳湖》上下阕的前两句“问讯湖边春色，重来又是三年”“世路如今已惯，此心到处悠然”。

一般对仗的，如晏殊《浣溪沙》下阕头两句“无可奈何花落去，似曾相识燕归来”。再如刘克庄《沁园春》上阕的二三两句“登宝钗楼，访铜雀台”，第八九两句“天下英雄，使君与操”。

凡前后两句字数相同的，都有用对仗的可能。例如贺铸《忆秦娥》上下阕末两句“凌波人去，拜月楼空”“吹开吹落，一任东风”。苏轼《水调歌头》上阕五六两句“我欲乘风归去，又恐琼楼玉宇”，下阕六七两句“人有悲欢离合，月有阴晴圆缺”等。这些地方用不用对仗完全是自由的。

词的对仗，有两点和律诗不同。第一，词的对仗不一定要以平对仄或仄对平。如苏轼《江城子》“左牵黄，右擎苍”。“左”对“右”就是“仄对仄”，“牵”对“擎”、“黄”对“苍”则是平对平。第二，词的对仗可以允许同字相对。如李清照《一剪梅》“才下眉头，又上心头”。

词的对仗是把表示相同或对立概念的词语放在同一联两句相对应的位置上，使之呈现出相互映衬的状态，进而使语句在吟诵中更具有韵味，更能增强词的表现力。

四、用典

（一）诗的用典

古诗词篇幅短小，想用最少的字来表达丰富含蓄的内容和思想就比较难。用典就成了最常见的修辞手法之一。用典，即在诗词中引用古代名人、历史故事、神话传说、经史子集、民谣俗谚中的语句或事实。用典可以使诗词意蕴丰富，更形象生动，提高作品的表现力和感染力。

有人说唐诗中有十大用典，有高山流水、鸿雁传书、昭君出塞、杜鹃啼血等。这里举几个用典的例子：

1. 杜鹃啼血。杜鹃即子规鸟，别称杜宇、望帝，啼声悲切。后世以“杜鹃啼血”喻指思念家乡、忧国忧民、惆怅恨世的心情。如沈佺期《夜宿七盘岭》“芳春平仲绿，清夜子规啼”。诗人望着浓绿的银杏树，听见杜鹃的悲啼，表达了一种独宿异乡的愁思和惆怅。

再如李白《宣城见杜鹃花》“蜀国曾闻子规鸟，宣城又见杜鹃花”。诗人从杜鹃花、子规鸟联想到家乡，表达了对故国深深的思念之情。

2. 精卫填海。典出《山海经》：“炎帝之少女名曰女娃，女娃游于东海，溺而不返，故为精卫。常衔西山之木石，以堙于东海。”精卫锲而不舍的精神，宏伟的志向，以及善良的愿望，受到人们的尊敬。陶渊明《读〈山海经〉》“精卫衔微木，将以填沧海”就热烈赞扬精卫敢

于向大海抗争的悲壮战斗精神。唐诗中对“精卫”多有提及，如岑参《精卫》“玉颜溺水死，精卫空为名”和温庭筠《公无渡河》“愿持精卫衔石心，穷取河源塞泉脉”。

3. 贾谊。又称贾太傅、贾长沙、贾生。西汉初年著名的政治家、文学家。贾谊十八岁就闻名于郡里，在郡守的推荐下被汉文帝召为博士，后遭群臣忌恨，被贬为长沙王太傅。唐诗中常见“贾长沙”“贾傅”等，用作怀才不遇、忠贤遭忌的典故。

张九龄《酬王六寒朝见诒》“贾生流寓日，扬子寂寥时”，以贾谊遭贬比喻王六。杜甫《发潭州》“贾傅才未有，褚公书绝伦”来自比贾谊。

4. 梁甫吟。即《梁甫吟》，也作《梁父吟》，乐府相和歌辞楚调曲有诸葛亮《梁父吟》。李勉《琴说》认为，《梁甫吟》是曾子编撰。梁甫是山名，又名梁父，是泰山下的小山。唐诗中用《梁甫吟》、《梁父吟》、“梁父”来代指意境悲凉的诗作。

张九龄《陪王司马登薛公逍遥台》“曾是陪游日，徒为梁父吟”，诗人以此借指自己的创作追怀薛公的诗作。杜甫《登楼》“可怜后主还祠庙，日暮聊为梁甫吟”，诗人从后主联想到诸葛亮和《梁甫吟》，并以《梁甫吟》代指本诗。

学习诗词用典，可以使吟诵者更好地把握诗词作者的真实心境，从而更好地把他们的内心感受表达出来。

（二）词的用典

词的用典，有用事和引用前人的诗句两种。用事是借用历史故事来表达作者的思想感情，包括对现实生活中的某些问题的立场、态度、个人情绪和愿望等等，属于借古抒怀。如辛弃疾在《永遇乐·京口北固亭怀古》中成功地运用了五个人的典故：孙权、刘裕、刘义隆、佛狸、廉颇。词人借助这些典故含蓄自然而又充分地表达了自己的思想感情。

苏轼在《江城子·密州出猎》“持节云中，何日遣冯唐”中引用了一个典故。这时诗人身在密州，怀才不遇、壮志难酬，以魏尚自喻，希望有一天，朝廷也能派像冯唐这样的人前来，抒发渴望报效国家的壮志豪情。再如辛弃疾《破阵子》中，“八百里”“的卢”两个典故创造了一个雄奇的意境，让读者仿佛看到战争爆发前犒劳出征将士的壮观场面和战场上铁骑飞驰敌阵的激烈场景，极具穿透力。

李贺的《金铜仙人辞汉歌》中有“衰兰送客咸阳道，天若有情天亦老”的诗句。宋代的孙洙在《何满子·秋怨》里引用过“天若有情天亦老，摇摇幽恨难禁”。欧阳修《减字木兰花》中有“伤怀离抱，天若有情天亦老。此意如何，细似轻丝渺似波”的句子。这种引用或化用前人的诗文歌赋，目的是加深诗词中的意境，促使人联想而寻意于言外，收到言简意丰、耐人寻味的效果，并且增强了作品的表现力和感染力。

五、节奏

合乎规律的重复形成节奏。自然界有四季更替、昼夜交替、月的圆缺、花儿开谢、水的波荡、山的起伏……语言也可以形成节奏，每个人说话的声音高低、强弱、长短等都有固定的习惯，可以形成节奏感。

汉语里一个字为一个音节。四言诗节奏比较紧凑，五、七言诗则显得活泼，其奥妙也在音节的组合上。汉语多由两个字构成节奏单位，诗词的节奏也多由句中字与词平仄交互安排和相互押韵所致。吟诵时利用句意形成的句式加上诗文平仄和韵字构成的规律，形成长短相间的节奏。

节奏是吟诵的要素，即平仄音节随着句式的长短、韵字的交互出现、诗词句意的变化而有一定规律的长短强弱、徐疾顿挫交替组合形成的乐感。南朝钟嵘《诗品》提出“须歌之抑扬”“有金石宫商之声”。即吟诵要音节响亮，节奏鲜明，有抑扬顿挫，铿锵悦耳如金石之声。

沧浪歌

沧浪之水/**清**兮，可以/濯我**缨**；

沧浪之水/**浊**兮，可以/濯我**足**。

这种“四一”“二三”句式的吟唱（兮字为虚字），有规律的回环，加上语气词“兮”的提示和长音，形成了节奏。第一句的“缨”和“清”互押，第二句“足”和“浊”互押，加强了这首诗的节奏和感染力。

弹　琴

刘长卿

泠泠/七弦/上，静听/松风/**寒**。

古调/虽自/爱，今人/多不/**弹**。

上述五绝为“二二一”格式，读来回味悠长。孟浩然的《春晓》为“二三”格式。五绝中最常见的为“二一二”格式等。

早发白帝城

李　白

朝辞/白帝彩云**间**，千里江陵/一日**还**。

两岸猿声/啼不住，轻舟/已过万重**山**。

七言绝句节奏，主要有“四三”“二五”两种格式。

题破山寺后禅院

常　建

清晨/入/古寺，初日/照/高**林**。

曲径/通幽/处，禅房/花木/**深**。

山光/悦/鸟性，潭影/空/人**心**。

万籁/此俱/寂，惟闻/钟磬/**音**。

上述五言律诗第一联、第三联为“二一二”格式，第二联、第四联为“二二一”格式。

五言律诗的格式多样，如王勃《送杜少府之任蜀州》为“二二一”格式，白居易《赋得古原草送别》为“二三”格式等。

秋兴八首（其一）

杜　甫

玉露/凋伤/枫树**林**，巫山/巫峡/气萧**森**。

江间/波浪/兼天/涌，塞上/风云/接地/**阴**。

丛菊/两开/他日/泪，孤舟/一系/故园/**心**。

寒衣处处/催/刀尺，白帝城高/急/暮**砧**。

上述七律第一联为“二二三”格式，第二联、第三联为“二二二一”格式，第四联为“四一二”格式。

七言律诗的格式多样，如白居易《钱塘湖春行》第一联为“二二二一”格式，第二联、第三联、第四联出句为“二二一二”，第四联对句为“二二二一”格式。李贺《雁门太守行》第一联、第二联为“二二二一”格式，第三联、第四联对句为“四三”格式，第四联出句为“二五”格式。李商隐《无题》（相见时难别亦难）八句均为“二二二一”格式。

对同一首诗词，吟诵者不同，也可能有不同的节奏格式，这也是一种正常现象。

但是词还有一些特殊节奏。

词的四字句可以是“一三”格式，例如张孝祥《六州歌头》“念腰间箭，匣中剑，空埃蠹，竟何成”，其中的“念腰间剑”就是这种情况。

词的五字句还有“一四”格式，例如陆游《沁园春》“有渔翁共醉，溪友为邻”，其中的“有渔翁共醉”就是这种格式。

词的七字句也可以是上三下四，八字句往往是上三下五，九字句往往是上三下六或上四下五，十一字句往往是上五下六或上四下七。

六、依字行腔、依义行调

（一）依字行腔

腔，常指一个地区典型的方言习惯。吟诵者要按照诗文字词的本音，以平长仄短、平低仄高的方式，还原诗文的音节，做到字正腔圆。字正，指在行腔时，不能为了行腔的需要，将字的本音随预先设定的声调旋律改变，即不能“倒字”。腔圆，指吟诵字词时，必须将诗文字词的字头即声母和字尾即韵母完全唱出，做到音节浑厚饱满，有韵味。

腔音是中国音乐体系的特征，吟诵时要学会控制自己的音量，随时变化大小，声断意连，以传情达意。同时，音高也要随时变化，一方面依字行腔，用这种腔音表示字音的声调，另一方面也是在表达情感。戏曲和说唱曲艺都是腔音唱法，可以学习借鉴。腔音唱法讲究气沉丹田，吐气发声。我们的汉语是旋律型声调语言，汉语的传情达意，全在开合、声调、音量的婉转变化上。

（二）依义行调

调，多指高低长短配合和谐的组音。由于吟诵和音乐的紧密关系，使得各地的吟诵在发展过程中，形成了无数的腔调，从而丰富了古诗文吟诵的文化宝库。

用普通话吟诵古诗词，必须更多采用北方方言的腔调，平长仄短、平低仄高是一般规律，有时往往因音律和内容的需要对个别平声字做高音处理。

在传统吟诵中，遇到感情特别需要强调或感觉旋律不顺畅时，往往做咏叹式的诵念，所念的字大多是仄声字。仄声用断腔，指在吟诵过程中，字断声断。在以仄声字做句尾或句读的节奏点时，戛然断开，作或长或短的休止之后，再以该字的韵母作衬腔，或加“呀、啊、呜”等衬字与后面的声调相连接，关键是做到“声断气连”。

七、开口音、闭口音

音韵学有“四呼”的说法，是以韵头和韵腹来定义的，但是吟诵更主要的是拖长韵腹和韵尾，所以我们所说的开口音和闭口音，与所谓“四呼”不同。

开口音是以ɑ、o为韵尾，或者在没有韵尾的情况下，ɑ、o是韵腹的字音，比如：家（jiā）、桥（qiáo）、塔（tǎ）等。诗中用开口音，

吟诵时主要是突出开朗豪放的情绪。

如：刘禹锡《乌衣巷》是一首仄起的七言绝句，用的是“麻（a）”韵，这个韵比较单纯直白，吟诵时，当寓无限感慨。

乌衣巷

刘禹锡

朱雀桥边野草**花**，乌衣巷口夕阳**斜**。

旧时王谢堂前燕，飞入寻常百姓**家**。

闭口音是指u、ü为韵尾，或者在没有韵尾的情况下，u、ü是韵腹的字音，比如：流（liú）、缕（lǚ）等。诗中用闭口音，吟诵时表现出细腻缠绵或幽远含蓄的情绪。

如：白居易《问刘十九》是一首仄起的五言绝句，用的是“模（u）”韵，比较含蓄，吟诵时要表达出来。

问刘十九

白居易

绿蚁新醅酒，红泥小火**炉**。

晚来天欲雪，能饮一杯**无**？

另外还有齐齿音，是指以i为韵腹的字音，比如：离（lí）、京（jīng）、引（yǐn）等。吟诵时要表现得细腻低回。如：杜甫《江畔独步寻花》（其六）。

江畔独步寻花（其六）

杜　甫

黄四娘家花满**蹊**，千朵万朵压枝**低**。

留连戏蝶时时舞，自在娇莺恰恰**啼**。

八、叶（xié）音、破读

（一）叶音

叶音也叫叶韵，是古代的一种特殊的音注方法。魏晋时，有些学者因按照当时的语音读《诗经》，感到好多诗句韵脚不谐，便以为作品中某些字音须改读，故称为叶音。

宋代大儒朱熹对《诗经》的古音进行了全面的探索，创立了叶音学。叶音对吟诵十分重要，一是和谐音韵的需要，韵若不谐，则诗词必将极大地失去魅力；二是朗朗上口，便于记忆；三是以叶音法吟诵古诗词，已流传至少千年。如：

我行其野（shǔ），蔽芾其樗。

昏姻之故，言就尔居。

尔不我畜，复我帮家（gū）。

——《诗经·我行其野》

白头搔更短，浑欲不胜簪（zēn）。

——杜甫《春望》

远上寒山石径斜（xiá），白云生处有人家。

——杜牧《山行》

早知潮有信，嫁与弄潮儿（ní）。

——李益《江南曲》

（二）破读

破读又称异读、读破、句破。所谓破读就是用改变字词的读音以区别该词不同意义或词性的一种方法。有的汉字除了常见的音节之外，还有一种或多种读音，这种现象自古以来一直存在。如：

鼓瑟鼓琴，和（hè）乐（yuè）且湛（chén）。

——《诗经·鹿鸣》

今我来思（sì），雨（yù）雪霏霏。

——《诗经·采薇》

风吹草低见（xiàn）牛羊。

——南北朝《敕勒歌》

但使龙城飞将在，不教（jiāo）胡马度阴山。

——王昌龄《出塞》

日照香炉生紫烟，遥看（kān）瀑布挂前川。

——李白《望庐山瀑布》

破读还有以下几种：

（1）通假字。通假字就是“通用、借代”，即用读音相同或相近的字来互相替代。例如：冯（凭）、支（肢）、属（嘱）、有（又）等。

（2）习惯性破读。例如：厦（xià）、绿（lù）、六（lù）、杯（bāi）、他（tuō）等。

（3）官制名称。例如：仆射（yè）、洗（xiǎn）马、单（chán）于、可汗（kè hán）等。

（4）人名用字。例如：傅说（yuè）、胶鬲（gé）、皋陶（yáo）、墨翟（dí）、伍员（yún）、刘长（zhǎng）卿、陆务观（guàn）等。

第三章　宋词的吟诵

词为诗的别体，是另外一种形式的诗。词在宋代进入全盛时期。词又称为曲子词、歌曲、长短句、诗余。这些名称说明了词与诗的不同，词与音乐的关系。

一、词牌

词有词牌，即词的格式名称。清代的《钦定词谱》共有2306个格式。有时几个格式合用一个词牌，有时同一个格式又有几种名称。常见的格式有几十种。规定这些格式平仄用字和用韵的格律，被称为词谱。

一般将词分为：小令（58字以内）、中调（59—90字）和长调（91字以上）。也有人主张将其分为：小令（62字以内）和慢词（62字以上）。词有单调、双调、三叠、四叠之分。双调分上、下阕或上、下片。三叠、四叠就是三阕、四阕，这样的词一般很少见。

二、宋词的吟诵要点

第一，要做好文案工作。对词的内容、作者创作的背景有所了解。弄清楚入声字、韵字、叶音字和破读字。

第二，调式问题。由于每首词的字数、平仄格式、用韵都不相同，总体来说词的吟诵比诗有些难度。

第三，要按照吟诵的要求创制新的曲调，加强旋律和歌唱性，尽量还原词作者当时所要表现的意境。

清平乐

黄庭坚

春归何**处**？寂寞无行**路**。若有人知春去**处**，换取归来同**住**。

春无踪迹谁**知**？除非问取黄**鹂**。百啭无人能解，因风飞过蔷**薇**。

词人采用自问自答的形式，清逸跳宕的笔法，勾勒出春天的脚步及寻春不得的惆怅心情。吟诵时要注意上片仄声韵和下片平声韵的区别。

渔家傲

秋 思

范仲淹

塞下秋来风景**异**，衡阳雁去无留**意**。四面边声连角**起**，千嶂**里**，长烟落日孤城**闭**。

浊酒一杯家万**里**，燕然未勒归无**计**。羌管悠悠霜满**地**，人不**寐**，将军白发征夫**泪**。

这首词是范仲淹戍边时所作，格调高昂，感情悲壮。上阕描写的是身临之景，下阕抒情，意境悲壮苍凉。与婉约词风截然不同，这首词在题材、情调和艺术等方面为宋词开拓了新的领域，对豪放词的发展影响深远。

吟诵时，韵字和“风、无留”应长吟，“千嶂里”语速要放慢。“闭”字虽是仄声字，又是上阕结束的韵字，一定要长吟。下阕

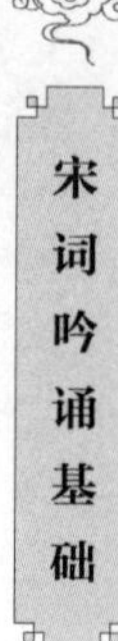

“家”字要长吟，将诗人对家的思念表现出来。“悠悠”指边声，语调放低，要长吟。“泪”字更要长吟，将全词的感情推向高峰。

南乡子

登京口北固亭有怀

辛弃疾

何处望神**州**？满眼风光北固**楼**。千古兴亡多少事？悠**悠**。不尽长江滚滚**流**。　　年少万兜**鍪**，坐断东南战未**休**。天下英雄谁敌手？曹**刘**。生子当如孙仲**谋**。

这首小令章法别致，全篇三问三答，写得感慨悲壮，韵味深长。“千古兴亡多少事？”这是词人思接千载，吟诵时宜调高气足，吐字清晰。结句吟诵时宜放缓语速，重读“当如”，并将“孙仲谋”三字作徐徐咏叹。

本词押的是“尤”韵，韵字“州、楼、悠、流、鍪、休、刘、谋”的韵母是“ou”或“iu”，吟诵时要读得响亮些，并适当拖长，以强化抒情的意味。

水调歌头

苏　轼

丙辰中秋，欢饮达旦，大醉，作此篇，兼怀子由。

明月几时有？把酒问青**天**。不知天上宫阙，今夕是何**年**。我欲乘风归**去**，又恐琼楼玉**宇**，高处不胜**寒**。起舞弄清影，何似在人**间**。　　转朱阁，低绮户，照无**眠**。不应有恨，何事长向别时**圆**？人有悲欢离**合**，月有阴晴圆**缺**，此事古难**全**。但愿人长久，千里共婵**娟**。

词人以皎然之月，解忧之酒，寄托了超然的胸怀；移动的月影，不眠的长夜，显现了作者无尽的别思。词的上、下两阕平声韵中均夹有仄声韵。吟诵时要突出思念之情。入声字“月、不、阙、夕、欲、玉、阁、别、合、缺”读短音。

附录一　部分吟诵名家简介

华锺彦，辽宁沈阳人，1933年毕业于北京大学，长期研究吟诵理论，曾发表多篇有关吟诵的论文。华先生吟咏的《敕勒歌》《登高》《赠汪伦》等影响很大。

陈贻焮，湖南新宁人，北京大学教授、博士生导师。陈先生一生喜欢吟诵，留下了很多用湖南话吟诵唐诗的录音。

叶嘉莹，著名古典文化学者、诗人，南开大学中华古典文化研究所所长、博士生导师。她一直身体力行推广吟诵，并提倡吟诵从孩子抓起。

戴学忱，天津人，中央民族乐团一级演员、中华诗词吟诵研究会副会长。录制有《古诗文吟诵集萃》《长亭怨慢》《竹枝词》《春晓》《赠汪伦》等音像作品。

劳在鸣，湖南长沙人，毕业于华中师范大学中文系，中华吟诵学会专家组成员、湖北省诗词协会常务理事。著有《古典诗词吟诵唱曲谱》等。

袁行霈，江苏武进人，北京大学教授、博士生导师。著有《中国诗歌艺术研究》等。

王恩保，安徽芜湖人，毕业于北京大学中文系，北京语言大学教授、中华吟诵学会常务理事。主编《古诗文吟诵集萃》，并发表《吟诵与音韵》《吟诵文化漫议》《唐代吟咏刍议》等论文。

吕君忾，中山大学中国古文献研究所特聘研究员，2009年被选为中国语文现代化学会吟诵分会副会长。著有《无斋诗词钞》等。

王文金，河南罗山人，毕业于河南大学，后任该校校长。

陈少松，南京师范大学教授，现任教育部“中华诵·经典诵读行动”专家委员会成员、中华吟诵学会副会长。著有《古诗词文吟诵研究》等。多次受邀在中央电视台展示吟诵，曾为江苏电视台主讲过十集系列片《古诗词文吟诵》。

魏嘉瓒，江苏沛县人，曾任苏州市文广局副局长，现为中华吟诵学会理事。主编《最美读书声——苏州吟诵采录》，发表多篇相关论文。

彭世强，上海师大附中特级教师，中华吟诵学会常务理事。曾发表《传统吟诵的现代化转型》等多篇论文。

孙玄龄，旅日中国音乐学者、日本丽泽大学教授。著有《元散曲的音乐》，发表论文《浅谈日本的汉诗“诗吟”》《吟诗调音乐的分类》等。

华锋，辽宁沈阳人，河南大学毕业，自幼跟随父亲华锺彦学习吟诵。著有《吟诵学概论》。

张本义，中华诗词学会理事、中华吟诵学会副会长。著有《吟诵拾阶》。

施榆生，福建漳州人，闽南师范大学文学院书记、闽南文化研究院副院长、硕士生导师。长期从事传统诗词创作、闽南话吟诵艺术传承与研究。著有《清吟集》等书，发表多篇有关吟诵的论文。

徐晓生，中华吟诵学会理事、河南省吟诵学会副会长、郑州市吟诵学会会长。著有《中华绝学——古诗文吟诵入门》和《古诗文吟诵》。

曾亚军，中华诗词书画研究会副会长、河南诗词学会常务理事。曾发表论文《诗词意境与吟诵节奏》《诗词吟诵与创作》等。

张卫东，北方昆剧院国家一级演员。擅长《四书》《道德经》等经书文体吟诵。

徐健顺，山东青岛人，青年吟诵家，中华吟诵学会秘书长，首都师范大学副教授。

陈琴，青年吟诵家，华南师范大学附属小学教师、中华吟诵学会常务理事。

程滨，天津人，著名古体诗词作家，中华吟诵学会常务理事，毕业于南开大学中文系，师从叶嘉莹先生。现任教于天津市南开中学。

杨芬，青年古琴演奏家，中华吟诵学会理事，现任教于北京大学。

附录二　名家吟诵欣赏

扫一扫　赏吟诵

一、古体诗（20）

二、格律诗（24）

九月九日忆山东兄弟（唐）王　维 …………………………… 程　滨吟
乌衣巷（唐）刘禹锡 …………………………………………… 徐健顺吟
过故人庄（唐）孟浩然 ………………………………………… 程　滨吟
赋得古原草送别（唐）白居易 ………………………………… 陈　琴吟

三、词（10）

水调歌头（宋）苏　轼 ………………………………………… 徐健顺吟
渔家傲（宋）范仲淹 …………………………………………… 徐健顺吟
清平乐（宋）辛弃疾 …………………………………………… 徐健顺吟
鹧鸪天（宋）晏几道 …………………………………………… 徐健顺吟
破阵子（宋）晏　殊 …………………………………………… 徐健顺吟
一剪梅（宋）李清照 …………………………………………… 徐健顺吟
如梦令（宋）李清照 …………………………………………… 徐健顺吟
钗头凤（宋）陆　游 …………………………………………… 徐健顺吟
破阵子（宋）辛弃疾 …………………………………………… 徐健顺吟
鹊桥仙（宋）秦　观 …………………………………………… 徐健顺吟

四、文赋（12）

礼记·礼运篇 …………………………………………………… 徐健顺吟
大学（节选）…………………………………………………… 徐健顺吟
论语·学而第一 ………………………………………………… 徐健顺吟
道德经·第一章 ………………………………………………… 徐健顺吟
陋室铭（唐）刘禹锡 …………………………………………… 徐健顺吟
岳阳楼记（宋）范仲淹 ………………………………………… 徐健顺吟
归去来兮辞（晋）陶渊明 ……………………………………… 徐健顺吟

第二编 宋词吟诵

玉楼春

春　景

宋　祁

东城渐觉风光**好**，縠绉[①]波纹迎客**棹**[②]。绿杨烟外晓寒轻，红杏枝头春意**闹**[③]。　　浮生[④]长恨欢娱**少**，肯[⑤]爱千金轻一**笑**。为君持酒劝斜阳，且向花间留晚**照**。

注释

① 縠绉：即带有绉褶的纱，这里比喻细微的水波。

② 棹：船桨，此指船。

③ 闹：热闹，浓盛。

④ 浮生：飘浮无定的短暂人生。

⑤ 肯：岂肯，怎肯。

译文

东城的春色已渐美好，水面绉纱似的波纹迎着客船往来。绿柳如烟，早晨的春寒已经很轻微，红杏枝头上，只见一片春意盎然。

人生变化无定，我常恨幸福欢乐太少，怎么能吝惜千金而看轻一笑呢？为了您，我举起酒杯奉劝夕阳，请金色的余晖在花丛中多留些时间吧！

赏析与吟诵

此词描写春天明丽之景，表达惜时行乐之意。上阕描写初春景致，一片新鲜、愉悦的景象。尤其“红杏枝头春意闹”句，不仅炼字、炼句，而且有美感、有境界，历来脍炙人口。词人因此获得了“红杏尚书”的雅号。

下阕展开抒情，对此良辰美景，不免有人生短暂之感。吟诵时要抒发出词人在春天来临时的喜悦心情和珍惜时光的感慨。几个入声字读短音。

青门引

春　思

张　先

乍暖还轻**冷**，风雨晚来方**定**。庭轩[①]寂寞近清明，残花中酒[②]，又是去年**病**。　　楼头[③]画角[④]风吹**醒**，入夜重门**静**。那堪更被明月，隔墙送过秋千**影**。

注释

① 庭轩：庭院和走廊。

② 中酒：喝酒过量。

③ 楼头：指城上的戍楼。

④ 画角：彩绘的号角，军中用于警昏晓、振士气。

译文

春天乍暖还寒的时候，傍晚时分一阵风雨过后，雨过天晴。清明时节将至，我怀着寂寞的心情不停地在庭院里来回踱步，风雨刮掉了很多花朵，非常可惜。酒喝得过量了，又引发了去年的老毛病，真是心烦。

城楼上的号角被风吹得嗡嗡作响，夜深了关上多重门后才觉得安静些。没想到在银色的月光下，墙那边少女荡秋千的影子被月光送了过来，好美啊！

赏析与吟诵

此词写伤春意绪，寓寂寞、孤独之感。初春时节，风雨凄寒，词人独坐空庭，借酒消愁。

“那堪更被明月，隔墙送过秋千影”，以乐景反衬哀情，乃又一善用“影”字之句。吟诵时要注意词人落寞情怀、孤寂凄凉情绪的把握。

忆王孙

春　词

李重元

萋萋[①]芳草忆王孙[②]，柳外楼高空断魂。杜宇[③]声声不忍闻。欲黄昏，雨打梨花深闭门。

注释

① 萋萋：形容春草茂盛。

② 王孙：豪门子弟，这里代指游子、行人。

③ 杜宇：即杜鹃鸟，鸣于春末，其声悲苦。

译文

芳香的春草生长茂盛的时候，我思念起我的郎君来了。在高高的楼上眺望，也只能望见烟柳一片，空叫我内心痛苦万分。我不忍去听那杜鹃鸟的声声啼叫。天色已近黄昏，深深的庭院门紧闭着，只有风雨阵阵吹打着梨花。

赏析与吟诵

这是一首描写“闺情”的词。它成功地运用了借景抒情的艺术手法，表现了真挚的感情，有色有声地描绘出一位闺中少妇思念丈夫的情景。

“欲黄昏，雨打梨花深闭门”两句，用笔含蓄淡雅，历来为人称道。吟诵时要将暮春时节令人感伤的情绪表达出来。

西江月

题溧阳三塔寺[①]

张孝祥

问讯[②]湖边春色，重来又是三**年**。东风吹我过湖**船**，杨柳丝丝拂**面**。　世路[③]如今已惯，此心到处悠**然**[④]。寒光亭[⑤]下水如**天**，飞起沙鸥一**片**。

注释

① 三塔寺：在江苏省溧阳市三塔湖边。

② 问讯：探访。

③ 世路：世俗生活的道路。

④ 悠然：闲适貌。

⑤ 寒光亭：在三塔寺内。

译文

我来到三塔湖边赏春，想来上一次到这里已经是三年前的事了。

站在船头欣赏湖光山色时，吹来了阵阵春风，就像杨柳的枝条拂过面颊一样温柔。

经过这么多年的社会历练，我对人生道路上的曲折、沉浮已经习惯，我的心一片悠然。只见寒光亭下水天一色，一群沙鸥飞向天空，更显示出一片春意盎然。

赏析与吟诵

本词乃词人重游三塔寺而作。拂面杨柳，似解人情，与词人重来问讯热切之心互相映衬。

下阕开头即倾吐词人进入官场以来，痛感此路崎岖的一腔幽怨。词人空有长才锐气，反被一再谪迁，不由得心灰意冷。结尾两句，顿使全词意境旷远、余音绕梁。吟诵时要注意将词人忘记痛苦、恬适愉快的心境抒发出来。

天仙子

张　先

时为嘉禾[①]小倅[②]，以病眠不赴府会。

水调[③]数声持酒**听**，午醉醒来愁未**醒**。送春春去几时回？临晚**镜**，伤流**景**[④]，往事后期空记**省**[⑤]。　沙上并禽[⑥]池上**暝**[⑦]，云破月来花弄**影**。重重帘幕密遮灯，风不**定**，人初**静**，明日落红应满**径**。

注释

① 嘉禾：宋代郡名，即秀州，治所在今浙江省嘉兴市。

② 小倅：小官，副职。张先此时任秀州判官，为知州掌文书的佐史。

③ 水调：曲调名。相传为隋炀帝开汴河时所制，声韵悲切，唐宋时很流行。

④ 流景：流逝的年华。

⑤ 记省：清楚记得。

⑥ 并禽：成对的鸟儿，此处指鸳鸯。

⑦ 暝：天色昏暗。

译文

我手里端着酒杯，一边饮酒，一边听着《水调》的歌声。人已经从午间的醉意中清醒过来，但心中的愁意还没有散去。我送走了春天，不知道春天什么时候再回来？傍晚时对镜自照，感伤年华似流水一般逝去。以往事情和日后的约会，都清楚记得，但那又有何用呢？

成对的鸟儿并栖在沙滩上，暮色已笼罩池面。天上的云破月而出，将月光洒向大地，花枝不停地摆动，玩弄着自己的倩影。垂下重重幕帘，密密地遮住了室内的灯光，外面风不停地在吹，人声开始静寂了下来。明早起来，小路上一定会有许多花瓣了。

赏析与吟诵

此词写的是词人伤春叹老之情。上阕抒情，因春之流逝而感受到岁月容颜的渐老，兴起人事虚无的惆怅。下阕写景，词人观察、感受极为细腻。“云破月来花弄影”，一个“破”，一个“弄”，从动态中刻画月夜景色，十分传神。末句“明日落红应满径”的推测反

衬伤春之情的浓烈。

全词曲调沉郁伤感，工于炼字造句，音韵和谐，余味很浓，是作者最有代表性的作品之一。吟诵时要把握词人对时光流逝的追忆、慨叹，伤春的情怀和孤独、寥落的心情。“省”字读“xǐng”。

蝶恋花

欧阳修

庭院深深深几**许**[①]？杨柳堆烟[②]，帘幕无重**数**。玉勒[③]雕鞍[④]游冶**处**[⑤]，楼高不见章台[⑥]**路**。　雨横[⑦]风狂三月**暮**，门掩黄昏，无计留春**住**。泪眼问花花不**语**，乱红飞过秋千**去**。

注释

① 几许：多少。许，估计数量之词。

② 堆烟：形容杨柳浓密。

③ 玉勒：玉制的马衔。

④ 雕鞍：精雕的马鞍。

⑤ 游冶处：指歌楼妓院。

⑥ 章台：汉长安街名。

⑦ 雨横：指急雨，骤雨。

译文

庭院深深，不知有多深？杨柳依依，飞扬起片片烟雾，一重重帘幕不知有多少层。豪华的车马停在贵族公子寻欢作乐的地方，她登楼向远处望去，却看不见那通向章台的大路。

春已至暮，三月的雨伴随着狂风大作，重门将黄昏景色掩闭，也无法留住春意。泪眼汪汪问落花可知道我的心意，落花默默不语，纷乱的，零零落落、一点一点飞到秋千外。

赏析与吟诵

这是一首深闺佳人伤春之词。上阕写幽居深院的少妇面对春光的苦闷。下阕写在暮春风雨中的伤感，是上阕伤春之情的发展，春晚日昏，美人迟暮。

全词笔法细腻，词意含蓄、凄婉动人，堪称典范。吟诵时要抒发出闺怨之情和黯然神伤的情感。入声字短读。

采桑子

欧阳修

群芳[①]过后西湖[②]好，狼藉[③]残**红**。飞絮濛**濛**[④]，垂柳阑干尽日**风**。　　笙歌[⑤]散尽游人去，始觉春**空**。垂下帘**栊**[⑥]，双燕归来细雨**中**。

注释

① 群芳：指百花。

② 西湖：指颍州西湖，在今安徽阜阳市西北。

③ 狼藉：纵横散乱貌。

④ 飞絮濛濛：柳絮纷飞，迷迷蒙蒙。

⑤ 笙歌：歌唱时有笙管乐器伴奏。

⑥ 帘栊：窗帘。栊，窗。

译文

百花凋谢后的暮春，西湖风景依然美好。飘落的红花遍地都是，漫天飞舞的柳絮在空中飘荡，风把垂柳吹得摇曳多姿，整日里暖风融融。

笙箫歌声都已散去，游人也走了，我才感觉到春意已经消失。于是我把窗帘放了下来。这时，只见一对燕子冒着细雨飞了回来。

赏析与吟诵

欧阳修早年曾被贬知颍州，晚年在此归隐。上阕写暮春时节景物凋谢后西湖的恬静之美。下阕道出了词人感到春逝后的空虚心境，同时也饱含着词人的恋春之情。

这首词通篇写景，虚实相接，寓情于景，动静结合，十分独到。吟诵时要流露出悼伤残春的淡淡哀愁。

清平乐

春　晚

王安国

留春不住，费尽莺儿语。满地残红宫锦[①]污，昨夜南园[②]风雨。　　小怜[③]初上琵琶，晓来思绕天涯。不肯画堂朱户[④]，春风自在杨花。

注释

① 宫锦：宫中特用的锦缎。这里用来比喻昨夜被风雨摧残的落花。

② 南园：泛指园圃。

③ 小怜：指齐后主宠妃冯小怜，善弹琵琶。

④ 画堂朱户：达官贵人的家。

译文

想留住春色却留不住，黄莺儿费尽唇舌也说不服。满地落花凋残，像彩锦染了尘污，原来是昨夜南园遭到风雨的洗礼。

小怜她初抱琵琶始弄弦，晓来情思绕游天涯。不肯委身画堂朱户，只愿像春风里绽放的自在柳絮。

赏析与吟诵

这首词表达了词人伤春、惜春、慨叹美好年华逝去的情怀，寄寓了作者深沉的身世感慨。上阕以倒装句式描绘暮春萧条的景色。下阕写暮春伤逝念远的幽怨。

全词情景交融、清新婉丽、曲折多致、笔法精妙，堪称伤春词中的佳作。吟诵时要将词人的性情与风骨表达出来。

清平乐

黄庭坚

春归何**处**？寂寞无行**路**[1]。若有人知春去**处**，唤取归来同**住**。

春无踪迹谁**知**？除非问取[2]黄**鹂**。百啭[3]无人能解[4]，因风飞过蔷**薇**[5]。

注释

① 无行路：没有留下行踪。

② 问取：呼唤，询问。

③ 百啭：形容黄鹂鸣声婉转。

④ 解：懂得，理解。

⑤ 蔷薇：花木名。落叶乔木或灌木，属蔷薇科，具有观赏价值。

译文

春天到哪里去了？寻不见它的踪迹只感苦闷寂寞。如果有人知道春天的消息，请告诉我，我们呼唤它回来一同居住。

春天一去无踪，有谁知道它去了哪里？只有去问鸣于春夏之间的黄鹂了。黄鹂鸟的叫声婉转悦耳，却没有人能听得懂它的意思。一阵风起它便顺着风儿从蔷薇花上飞去。

赏析与吟诵

此词写惜春之情。上、下阕皆以问句开头，充满殷殷关切之意。“唤取归来同住”，无理而有情，珍爱、留恋之情溢于言表。此词以黄鹂百啭飞过蔷薇作结，余韵袅袅。

全词立意新颖，构思奇妙，化俗为雅，点铁成金。吟诵时要将词人虽写惜春却并不觉哀伤，反以积极的情绪劝人珍惜春天的美好韵味抒发出来。上、下阕有换韵。上阕仄韵，下阕平韵。

浣溪沙

晏　殊

一曲新词酒一**杯**，去年天气旧亭**台**。夕阳西下几时**回**？

无可奈何花落去，似曾相识燕归**来**。小园香径[1]独徘**徊**[2]。

注释

① 香径：落花飘香的小路。

② 徘徊：来回走。

译文

去年，也是这样的天气，就在这座旧亭台上，我喝着酒，倾听你为我唱的一曲新词。美好的时光非常短暂，犹如夕阳西下难以久留，也不知道何时能回来。

怀着无可奈何的心情，眼看花儿纷纷落地，只有那可爱的燕子又飞了回来，好像过去曾经认识似的。如今在这落花飘香的小路上，我独自徘徊，回忆过去，思考未来。

赏析与吟诵

这是一首伤春感怀之作。全词在悼惜花落春残的同时，寓含着韶华易逝的人生感慨。

“无可奈何花落去，似曾相识燕归来”已成为千古名句。吟诵时，结句要表现出词人怅然若失的情绪。

浪淘沙

欧阳修

把酒①祝东**风**，且共从**容**②。垂杨紫陌③洛城**东**，总是当时携手处，游遍芳**丛**④。　　聚散苦匆**匆**，此恨无**穷**。今年花胜去年**红**，可惜明年花更好，知与谁**同**？

注释

① 把酒：端着酒杯。

② 从容：流连，盘桓。

③ 紫陌：指京城郊外的道路。

④ 芳丛：花丛。

译文

手持酒杯祝愿春风，且一道流连这明媚的春光，自在从容。沿着这垂杨飘拂的京郊小路直奔洛阳城东，都是当年携手春游的地方，今天要重新游遍这些花丛。

人生的聚散，苦于聚也匆匆，散也匆匆，这个遗憾是无穷无尽的。今年的花儿开得比去年更红，我想明年的花儿开得一定会比今年更美，那时也不知道能与谁一起来共同欣赏呢？

赏析与吟诵

这是词人与友人春日重游洛阳城东时所作的伤时惜别之词。上阕由眼前美景而思去年同游之乐。下阕由现境而思未来之境，表现出对友谊的珍惜。

全词构思新颖，语言错落有致、婉丽隽永，情深似水。吟诵结尾两句时要充满无限惆怅与伤感。

卜算子

送鲍浩然之浙东[①]

王　观

水是眼波横[②]，山是眉峰**聚**[③]。欲问行人去那边？眉眼盈盈[④]**处**。

才始[⑤]送春归，又送君归**去**。若到江南赶上春，千万和春**住**。

注释

① 浙东：今浙江东南部，宋朝属浙江东路，简称浙东。

② 眼波横：（这里的水）像美人流动的眼波。

③ 眉峰聚：（这里的山）如美人蹙起的眉毛。

④ 盈盈：美好的样子。

⑤ 才始：方才。

译文

水像眼神闪动，状如水波横流，山如美人蹙起的眉毛。想问一声，朋友您去哪里？想去那山清水秀的地方。

刚刚送走了春天，现在又送您回去。您若到江南后赶上了春天的脚步，请千万要把春天的景色留住。

赏析与吟诵

这是一首送别词。作者为友人鲍浩然送行。上阕着重写人，下阕直抒胸臆。句中的两个“送”字，语意递进，将词人的愁苦之情充分表露了出来。

全词用词精妙，语言生动活泼、匠心独运、别具一格。吟诵结尾两句时，对远去的友人所传达的美好祝愿，要充满积极向上的情感。

水龙吟

次韵[①]章质夫杨花词

苏　轼

似花还似非花，也无人惜从教[②]**坠**。抛家傍路，思量却是，无情有**思**[③]。萦[④]损柔肠，困酣娇眼，欲开还**闭**。梦随风万里，寻郎去处，又还被，莺呼**起**。　不恨此花飞尽，恨西园，落红难**缀**[⑤]。晓来雨过，遗踪何在，一池萍**碎**[⑥]。春色三分，二分尘土，一分流**水**。细看来，不是杨花，点点是离人**泪**。

注释

① 次韵：亦称步韵，即按照原诗的韵和用韵的次序来和诗。

② 从教：任凭、听从。

③ 有思：有情。

④ 萦：萦绕、牵念。

⑤ 难缀：难以复归故枝。

⑥ 萍碎：苏轼自注："杨花落水为浮萍，验之信然。"

译文

有人说它是花，有人说不是花，反正也没有人爱惜它，任它在空中飘来飞去。杨花离开枝头，落在路边，看似无情，却有它的深意。思恋之情愁坏了肚肠，困倦至极的娇眼想睁却睁不开。我做梦随风而去，到万里之外寻找郎君，却被莺啼声叫醒。

不应怨恨杨花飘落殆尽，应恨西园不能把落花复归故枝。风雨过后，到哪里去寻找它的踪迹？早化作一池浮萍。如果把春色姿容分三份，其中的二份落入尘土，一份随流水而去。仔细打量起来那不是杨花，应是久别之人相思的滴滴眼泪。

赏析与吟诵

这是一首和韵词，为咏物之作，也是豪放派词人苏轼少有的一首婉约词作。全词借咏暮春时节杨花，抒离愁之情。上阕以杨花喻春怨的少妇。下阕重在议论，紧扣"恨"字，恨春残又恨青春的逝去。

这首词借物抒情，将离愁别绪表达得含蓄深沉，感人至深。结尾三句运用夸张的笔法，虚实相间，将全词咏物寄情的主旨推向高潮。

定风波

苏　轼

三月七日，沙湖[①]道中遇雨，雨具先去，同行皆狼狈，余独不觉。已而遂晴，故作此词。

莫听穿林打叶**声**，何妨吟啸[②]且徐**行**。竹杖芒鞋[③]轻胜**马**，谁**怕**？一蓑烟雨任平**生**。　　料峭[④]春风吹酒**醒**，微**冷**，山头斜照却相**迎**。回首向来萧瑟[⑤]处，归去，也无风雨也无**晴**。

注释

① 沙湖：在湖北黄州东南。

② 吟啸：高声吟咏。

③ 芒鞋：草鞋。

④ 料峭：形容春天的寒意。

⑤ 萧瑟：指风雨吹打树木的声音。

译文

不必去听雨点穿过树林，打在叶子上的声音，尽管吟着诗，吹着口哨，慢慢地走好了。竹杖和草鞋比马还轻便呢，有什么可怕的？在漫天烟雨中，披一件蓑衣，任凭风吹雨打的事，我一生经历太多了。

风带来了春天的寒意，吹得我酒也醒了，身上正微微觉得有点冷，山头的斜阳却已迎面照射过来。我回过头去，看了看刚才遇雨的地方。这趟归程，对我来说实在是既没有风雨，也没有晴啊！

赏析与吟诵

这首词上阕写途中偶遇风雨，写出作者不惧坎坷、旷达超脱的胸襟；下阕写雨过日出。结尾点题，寄寓着作者超然物外、不喜不忧的人生追求。

全词写得风趣幽默，使我们在谈笑风生中受到启发。吟诵时要表达出词人宽广的胸怀和乐观的精神。词的上、下阕中有换韵。

青玉案

贺　铸

凌波[①]不过横塘[②]**路**，但目送、芳尘**去**。锦瑟华年[③]谁与**度**？月桥花院[④]，琐窗[⑤]朱**户**，只有春知**处**。　　飞云冉冉蘅皋[⑥]**暮**，彩笔新题断肠**句**。试问闲愁都几**许**？一川烟草，满城风**絮**，梅子黄时**雨**[⑦]。

注释

① 凌波：形容女子步态轻盈。

② 横塘：地名，在苏州城外，贺铸曾寓居于此。

③ 锦瑟年华：美好的青春岁月。

④ 花院：花木掩映的院子。

⑤ 琐窗：雕刻着连锁花纹的窗子。

⑥ 蘅皋：长满杜蘅香草的水泽之地。

⑦ 梅子黄时雨：农历四五月间江南多雨，正值梅子成熟之际，俗称梅雨。

译文

姑娘轻盈的脚步并不到横塘路这边来，我只好用目光送她渐渐远去。她那美好的青春岁月和谁一起度过呢？在那修着偃月桥的院子里，朱红色的大门映着美丽的琐窗，只有春天知道她的住处。

天上的彩云慢慢地移动着，长满香草的河岸上暮色已来临，我用才情洋溢的笔新写了许多伤感的词句。你想问我心头无故的烦恼有多少吗？它就像那河边遍地的芳草，被风吹得满城飞舞的柳絮，还有那黄梅季节下个不停的雨。

赏析与吟诵

这首词通过对暮春景色的描写，抒发了词人对情人的眷恋之情。上阕写路遇佳人而不知所往的怅惘情景，下阕写因思慕而引起的无限愁思。

全词语言清丽，色彩纷呈。结句“梅子黄时雨”境界开阔，词人因此得名“贺梅子”，一时传为佳话。吟诵时要表达出委婉含蓄、意味深长的情感。

踏莎行

贺　铸

杨柳回塘[①]，鸳鸯别**浦**[②]，绿萍涨断莲舟**路**。断无蜂蝶慕幽香，红衣[③]脱尽芳心**苦**。　　返照迎潮，行云带**雨**。依依似与骚人[④]**语**。当年不肯嫁春风，无端却被秋风**误**。

注释

① 回塘：回环曲折的池塘。

② 别浦：多泛指水滨。

③ 红衣：荷花的红色花瓣。

④ 骚人：指诗人。

译文

曲折的池塘边有很多杨柳，鸳鸯正在池塘里戏水；池塘水面布满了又厚又密的浮萍，挡住了采莲姑娘的去路。没有任何蜂蝶靠近荷花，秋天来了，荷花落了，它结的莲子芳心苦涩。

夕阳的回光照着晚潮，涌进荷塘，天上的云彩夹带着雨。随风摇曳的荷花依依不舍，好像在与诗人耳语。春天的时候不肯接受春风吹拂，深秋时节却无缘无故地在秋风中受尽凄凉。

赏析与吟诵

这首咏莲词，实际上是词人借此感叹自己的际遇，莲花乃词人的化身。此词为咏物词杰作之一。

此词在写法上是寄托，寓意深远，全词笼罩在忧伤、哀愁的氛围中。

玉楼春

海　棠

王　诜

锦城[1]春色花无**数**，排比笙歌留客**住**。轻寒轻暖夹衣天，乍雨乍晴寒食**路**。　花虽不语莺能**语**，莫放韶光[2]容易**去**。海棠开后月明前，纵有千金无买**处**。

注释

① 锦城：指今四川省成都市。

② 韶光：美好的时光，比喻青少年时期。

译文

四川成都的春天到处百花盛开，笙歌处处让客人不愿离去。轻寒轻暖的天气里人们都穿着夹衣，寒食节在路上行走时雨时晴。

花儿虽然不能说话而莺儿却在啼叫，在此大好时光，不要把时间浪费了。一旦海棠花谢，千金也难以买回了。

赏析与吟诵

这是一首歌咏春天的词。上阕写景，锦城春光无限美好，歌舞升平，一派祥和景象。下阕抒情，运用拟人的手法，规劝人们珍惜大好时光，莫要虚度年华，有古人“一寸光阴一寸金，寸金难买寸光阴”之意。

全词语言浅显，描写生动，比喻贴切，读后令人回味无穷。

如梦令

李清照

昨夜雨疏风**骤**[①]，浓睡不消残**酒**[②]。试问卷帘人[③]，却道海棠依**旧**。知**否**？知**否**？应是绿肥红**瘦**[④]。

注释

① 雨疏风骤：雨小而风急猛。

② 残酒：尚未消散的酒意。

③ 卷帘人：指侍女。

④ 绿肥红瘦：叶多花少。

译文

昨天夜里，稀稀落落地下了一阵雨，风却很迅猛。我虽熟睡了一夜，但夜间残留的酒意还没散去。早上起来便问侍女，庭院的景象怎样，她说海棠花还是原来的样子。你哪里知道？你哪里知道？应该是绿叶多而红花更少了。

赏析与吟诵

这是一首伤春、惜春词。词人以花自喻，慨叹自己的青春易逝。结句“绿肥红瘦”构思精致，点染用力，“绿”“红”两色代指海棠的叶和花。

此词短小精悍，曲折往复，一步一境，堪称绝唱。写法上运用白描，体现出词人婉约清新的词风。这是词人早期作品中脍炙人口的一篇佳作。

卜算子

兰

曹　组

松竹翠萝[1]寒，迟日[2]江山**暮**。幽径无人独自芳[3]，此恨凭[4]谁**诉**？　似共梅花语，尚有寻芳**侣**。著意闻时不肯香，香在无心**处**。

注释

① 翠萝：绿色地衣类植物，附在松树等树皮上。

② 迟日：春日。

③ 独自芳：指孤高自赏的兰花。

④ 凭：靠。

译文

春天的傍晚，山中的松竹和翠萝笼罩在阵阵寒气之中。幽静的小路边，兰花独自开放，没人欣赏，它能向谁诉说它的怨恨呢？

幽兰似乎只有梅花才可以共语，但是在寂寞的深山中，也许还有探寻幽芳的素心人吧。特意来闻兰花的香味时，花并不香，只有在不经意间，才能闻到它的芳香。

赏析与吟诵

此为咏空谷幽兰之词。全词咏幽兰，多以淡墨渲染，结句稍加勾勒，托花言志。幽兰与梅花共语，抒其高洁之怀。

全词既写出了幽兰淡远清旷的风韵，又以象征、拟人和暗喻的手法寄托词人对隐士节操的崇仰，流露出词人向往出世和归隐的心志。

望江南

超然台[①]作

苏 轼

春未老，风细柳斜**斜**。试上超然台上看，半壕春水一城**花**。烟雨暗千**家**。　寒食[②]后，酒醒却咨**嗟**[③]。休对故人思故国[④]，且将新火[⑤]试新**茶**[⑥]，诗酒趁年**华**。

注释

① 超然台：筑在密州（今山东诸城）北城上，登台可眺望全城。

② 寒食：节令。古时清明前一天（一说两天）为寒食节。

③ 咨嗟：叹息、慨叹。

④ 故国：这里指故乡、故园。

⑤ 新火：唐宋习俗，清明前两天起，禁火三日。节后另取榆柳之火称“新火”。

⑥ 新茶：指清明节前采摘的茶。

译文

春天还没有过去，微风细细，柳枝随之起舞。试着登上超然台远远眺望，护城河内半满的春水微微闪动，城内则是明艳的春花。更远处，家家房屋都在雨影之中。

寒食节过后，酒醒反而因思乡而叹息不已。不要在老朋友面前思念故乡了，姑且点上新火来烹煮一杯刚采的新茶，作诗醉酒都要趁年华尚在。

赏析与吟诵

这首词上阕摹写风细柳斜、烟雨蒙蒙的暮春景象。下阕表现了深沉的思乡之情和豁达超脱的生活态度。

词的结句是说趁着壮年时期好好享受一下作诗饮酒的快乐生活。吟诵时要将词人积极向上的乐观情绪表达出来。

浣溪沙

苏 轼

簌簌[①]衣巾落枣花，村南村北响缫车[②]。牛衣[③]古柳卖黄瓜。
酒困路长惟欲睡，日高人渴漫思茶。敲门试问野人家[④]。

注释

① 簌簌：花纷纷下落的样子。

② 缫车：抽茧出丝的工具，俗称丝车。

③ 牛衣：本指给牛御寒用的覆盖物。这里形容卖瓜人穿着粗陋。

④ 野人家：乡村人家。

译文

枣花落在衣襟上发出簌簌的声音，村子南面和北面都可以听到缫丝车在响。村头古老的柳树荫下有一个穿着粗麻衣服的农民正在叫卖着黄瓜。

酒后颇觉困倦，走在漫长的路上，昏昏欲睡。太阳空中高照，口中干渴难耐，真想喝上一杯茶解解渴。我就试着去敲响那农家院门去询问。

赏析与吟诵

这首词是词人任徐州太守时，率领百姓去石潭谢雨的途中所作。这是一首别具特色的词作。上阕词人通过对枣花、缫车和黄瓜等景物的特写，描绘出了一幅欣欣向荣的乡村风貌图。下阕词人笔锋一转，写求雨途中行路的艰辛。

全词古朴自然，真实生动，将乡间景象描绘得栩栩如生，情韵无穷。

行香子

秦　观

树绕村庄，水满陂塘①。倚东风，豪兴徜徉②。小园几许，收尽春光。有桃花红，李花白，菜花黄。　远远围墙，隐隐茅堂。飏③青旗④，流水桥旁。偶然乘兴，步过东冈。正莺儿啼，燕儿舞，蝶儿忙。

注释

① 陂塘：池塘。

② 徜徉：闲游，安闲自在地步行。

③ 飏：飞扬，飘扬。

④ 青旗：酒店门口挂的青色酒幌。

译文

绿树绕着村庄，春水溢满池塘。沐浴着春风，我安闲自在地来回漫步。小园很小，却收尽春光。桃花正红，李花雪白，油菜花金黄。

越过围墙远望，隐约有几间茅草房。青色的酒旗在风中飞扬，小桥矗立在溪水旁。偶然乘着游兴，走过东面的山冈。只见莺儿鸣啼，燕儿飞舞，蝶儿匆忙，一派大好春光。

赏析与吟诵

这首词描绘了春天的田园风光。上阕先从整个村庄写起。“有桃花红，李花白，菜花黄”，正是这些绚丽的色彩，才构成了春满小园的诱人图画。下阕“正莺儿啼”三句，另有一番景象：莺啼燕舞，蝴蝶采蜜忙。它们最能代表春天，比起小园来，是一种别样的春光。

此词语言通俗清新、朴实生动、节奏明快、格调轻松。吟诵时要将词人怡然自得的心情表现出来。

鹧鸪天

代人赋

辛弃疾

陌[①]上柔条初破**芽**。东邻蚕种已生**些**[②]。平冈[③]细草鸣黄**犊**，斜日寒林点暮**鸦**。　山远近，路横**斜**。青旗[④]沽酒[⑤]有人**家**。城中桃李愁风雨，春在溪头荠菜**花**。

注释

① 陌：田间小路。

② 已生些：指已孵出了小蚕。“些”读sā。

③ 平冈：平坦的小山坡。

④ 青旗：青布做的酒幌，酒店作招牌用。

⑤ 沽酒：卖酒。

译文

田间路旁，柔软的新枝上绽出了嫩芽。东边邻居家的蚕种已孵出了新蚕。平坦的山坡上长满了小草，小黄牛在哞哞地叫着。夕阳斜照的春寒时节，投宿的乌鸦点缀着寒林的景色。

青山有远有近，小路纵横交错。飘着青布酒幌子处有一户卖酒的人家。城里的桃花、李花最害怕风吹雨打，荠菜花开满溪边的时候，真正的春天来到了。

赏析与吟诵

这首写农村风光的词，情味盎然，意蕴深厚。上阕首句一个“破”字，不仅有动态，而且能让人感到嫩芽萌发的力量和速度。下阕“青旗沽酒有人家”，一个“有”字透露出词人欣喜的心情。

全词通过写景和抒情，表达了词人在罢官乡居期间对农村生活的向往和对上层社会的鄙弃。荠菜花不怕风雨，在它身上体现了词人的一种人格精神。吟诵时要表达出词人对田园生活热爱的情感。

清平乐

村　居

辛弃疾

茅檐低**小**，溪上青青**草**。醉里吴音①相媚**好**，白发谁家翁**媪**②？

大儿锄豆溪**东**，中儿正织鸡**笼**。最喜小儿亡赖③，溪头卧剥莲**蓬**。

注释

① 吴音：此地古代属吴地，所以称这一带的方言为“吴音”。

② 翁媪：老翁和老妇。

③ 亡赖：这里指顽皮、淘气。“亡”读wú。

译文

一所低矮的茅屋，紧靠着一条小溪，溪边长满了碧绿的小草。含有醉意的吴地方言，听起来温柔又美好，那满头白发的老人是谁家的呀？

大儿子在溪东豆地里锄草，二儿子在家门口编织鸡笼。最有趣的是小儿子，他非常顽皮，正趴在溪边在剥莲蓬吃。

赏析与吟诵

这是词人描写乡村生活的名作。词的上阕通过对农人生活场景的描绘，勾勒出了一幅生机盎然的春日农家生活图景。下阕一个“卧”字，将其小儿子天真活泼的可爱模样表现得栩栩如生，富有生活情趣。

全词语言淳朴自然，构思巧妙，清新优美，赏心悦目。吟诵时要将乡村生活的悠闲惬意表现出来。

西江月

夜行黄沙[①]道中

辛弃疾

明月别枝[②]惊鹊，清风半夜鸣**蝉**。稻花香里说丰**年**，听取蛙声一**片**。　七八个星天外，两三点雨山**前**。旧时[③]茅店社林[④]**边**，路转溪桥忽**见**[⑤]。

注释

① 黄沙：即黄沙岭，在江西省上饶市西南。

② 别枝：由主干斜出的树枝。

③ 旧时：往日。

④ 社林：土地庙周围的树林。

⑤ 忽见：即忽现。见，通“现”。

译文

明月当空，喜鹊误以为天明而惊起飞离枝头。清风拂面，半夜里传来蝉儿的鸣叫声。在稻花飘香之时，听到很多青蛙在尽情地欢唱，仿佛在说：今年又是一个丰收年。

天空中轻云漂浮，闪烁的星星时隐时现，山前下起了淅淅沥沥的小雨。记得从前有一家茅屋客店就在土地庙树林的旁边，当道路转过溪上小桥时，客店忽然出现在眼前。

赏析与吟诵

这是词人罢官后闲居上饶时所写。这首写景词，抒发了词人对农村生活的向往之情。词人通过对大自然动、静景物的形象描绘，表现了他对丰收在望的喜悦之情。

这首词运用白描的手法，笔法轻快，语言朴素生动，境界疏朗，充满了浓郁的乡土气息。这是宋词中别具一格的作品。

清平乐

检校[1]山园，书所见

辛弃疾

连云松**竹**，万事从今**足**。拄杖东家分社肉[2]，白酒床头[3]初**熟**。　西风梨枣山**园**，儿童偷把长**竿**。莫遣旁人惊去，老夫静处闲**看**。

注释

① 检校：查看。

② 分社肉：每当春社日或秋社日，四邻相聚，屠宰牲口来祭祀土地神，然后分享祭祀用的肉。

③ 床头：指酿酒的槽架。

译文

松树竹林高入云端，我居住在这里与世无争，非常知足。拄杖到主持社日祭祀人家分得了一份社肉，家里又有刚酿好的新酒，正好痛快地喝上一杯。

秋风起了，满园的梨、枣等果实已经成熟。一群嘴馋的小孩偷偷地用长竹竿打着树上的梨和枣。不要让人去惊动他们，我在这儿静静地观看他们天真无邪的举动，也是一种享受。

赏析与吟诵

词的上阕写词人闲居带湖的满足及安居乐业的农村生活景象。下阕“书所见”，表现闲适的心情。结尾两句反映词人对“偷”梨和枣的儿童们的保护、欣赏的态度。

词人写景动静结合，用白描的手法、轻松的笔调，表现出乡村美好、和谐的生活氛围。

念奴娇

过洞庭

张孝祥

洞庭青草，近中秋、更无一点风**色**。玉界琼田[①]三万顷，着我扁舟一**叶**。素月分辉，明河共影，表里俱澄**澈**。悠然心会，妙处难与君**说**。　应念岭表[②]经年，孤光自照，肝胆皆冰**雪**。

短发萧疏[3]襟袖冷，稳泛沧溟[4]空阔。尽挹[5]西江，细斟北斗，万象[6]为宾客。扣舷独啸，不知今夕何夕。

注释

① 玉界琼田：形容月光下的湖上景色。琼，美玉。

② 岭表：两广之地，北靠五岭，南临大海，故称。

③ 萧疏：稀疏。

④ 沧溟：青苍色的水。

⑤ 挹：舀。

⑥ 万象：宇宙间万物。

译文

洞庭湖连着青草湖，正是中秋前夕，湖面上见不到一丝风儿和一朵云彩。秋月下浩浩荡荡、一碧万顷的湖面，只飘着我的一叶小舟。明月将它的银辉分成天上与水中，银河也在湖面上投下了它的倒影，这里是一片空明澄澈。我悠闲地领略着这奇异的景色，其妙处实在难以用语言向您诉说。

于是我想到了曾在岭海度过的岁月。那时孤月照我襟怀，一腔肝胆都像冰雪一样纯洁。如今我已鬓发短而稀疏，衣衫冷而单薄，却安稳地行舟于这浩渺无际的湖面上。我要把西江的水都舀来当酒，用北斗星座作为盛酒器来细斟慢酌，宇宙间的万物都是我的客人。我一边敲打着船舷，一边在放声高歌，竟忘记了此时是何年何月。

赏析与吟诵

这首词是作者泛舟洞庭湖时即景抒怀之作。词的上阕写洞庭湖水月交辉的壮丽景色。下阕写词人坦荡的胸怀和超然物外的高洁形象。

在写法上，词人善于把主观心境与大自然的奇特景色结合起来，运用浪漫主义的想象，有力地抒发了词人内心郁积的感情。词的结尾给人飘飘欲仙之感，运笔空灵。

鹤冲天

周邦彦

梅雨霁[①]，暑风**和**。高柳乱蝉**多**。小园台榭[②]远池**波**。鱼戏动新**荷**。　薄纱厨，轻羽**扇**。枕冷簟[③]凉深**院**。此时情绪此时**天**。无事小神**仙**。

注释

① 霁：雨停止，天放晴。

② 台榭：台和榭。亦泛指楼台等建筑物。

③ 簟：竹席。

译文

梅雨停下来了，暑风和畅。高高的柳树上有许多蝉儿在鸣叫。窗外小榭处，有个池塘荡起碧波，原来是鱼儿戏水摇动了新荷。

我架起了薄薄的纱帐，手摇羽扇，躺在竹席上只觉凉爽舒畅。这样好的心情和好的天气，就像神仙一样的生活。

赏析与吟诵

这是一首描写夏天的词。全词的结构独特，前八句着重写景，后两句重在抒情，也是词的核心。结尾两句写出了词人闲适悠然、享受生活的心境。

全词描写细腻、生动、具体，颇具浓厚的生活情趣。

采桑子

欧阳修

天容[①]水色西湖好，云物[②]俱鲜。鸥鹭闲眠。应惯寻常听管弦。
风清月白偏宜夜，一片琼田[③]。谁羡骖[④]鸾。人在舟中便是仙。

注释

① 天容：指天空中的景色。

② 云物：云彩、风物。

③ 琼田：传说中的玉田。

④ 骖：三马驾一车。

译文

西湖风光好，天光水色融成一片，景物都那么鲜丽。鸥鸟和白鹭安稳地睡眠。它们早就听惯了不停的管弦乐声。

那风清月白的夜晚更是迷人，湖面好似一片白玉铺成的田野。有谁还会羡慕乘鸾飞升成仙呢？这时人在游船中就好比是神仙啊！

赏析与吟诵

词人早年仕途坎坷，晚年虽位居高官，但已无意于政治，只求全身远祸。这种静谧、悠闲的晚境，已逐渐成为他的人生追求。

本词信手拈来、寄意深远、景色淡雅、意境开阔。吟诵时要将词人对西湖的热爱和闲适的心态抒发出来。

苏幕遮

周邦彦

燎[①]沉香，消溽**暑**[②]。鸟雀呼晴，侵晓[③]窥檐**语**。叶上初阳干宿**雨**，水面清圆，一一风荷**举**[④]。　故乡遥，何日**去**？家住吴门，久作长安[⑤]**旅**。五月渔郎相忆**否**？小楫轻舟，梦入芙蓉**浦**[⑥]。

注释

① 燎：燃烧。

② 溽暑：夏天潮湿闷热的天气。

③ 侵晓：拂晓。

④ 举：擎起。

⑤ 长安：借指北宋的都城汴京，今河南省开封市。

⑥ 芙蓉浦：荷花塘。此指杭州西湖。

译文

焚烧沉香以消除夏天潮湿的天气。鸟雀鸣叫呼唤着晴天，天快亮的时候，从屋檐缝隙中看见鸟雀还在私语。荷叶上隔夜雨滴不断地在阳光下蒸发掉，青翠圆润的荷叶在晨风中一张张擎起。

故乡遥远，何时得以启程？我家住苏州不能回去，却只能长久客居长安。又到五月，不知家乡的朋友是否也在思念我？就让我划上小船，划向梦中都想去的荷花塘吧。

赏析与吟诵

这首词的上阕描写雨后初阳下的风荷神态，尤以“水面清圆”一句最为传神。下阕写小楫轻舟的归梦，也饶有韵味。全词在写景中抒发思乡之情。

周邦彦的词向来以“富艳精工”著称，而这首词别具一格，颇有清新淡远之致。吟诵中要将词人久居异乡的思乡情予以充分表达。

酒泉子

潘　阆

长忆西湖，尽日[①]凭阑[②]楼上望。三三两两钓鱼**舟**。岛屿[③]正清**秋**。　　笛声依约[④]芦花**里**。白鸟成行忽惊**起**。别来闲整钓鱼**竿**。思入水云[⑤]**寒**。

注释

① 尽日：自早至晚，整日。

② 阑：横格栅门。

③ 岛屿：指湖中三潭印月、阮公墩和孤山三岛。

④ 依约：隐约。这里指笛声听不分明。

⑤ 水云：指西湖秋天的景色。

译文

我常常想起漫游西湖，整天站在楼台上，斜倚栏杆向远处眺望。平静的湖面上有三三两两的钓鱼小船。远处的小岛呈现出明丽的秋色。

在开满芦花的芦苇荡里，传来的笛声时断时续。蓦地白鹭惊起，成排地掠过水面。我闲暇时整理钓鱼竿，仿佛思绪飘入西湖那一片水色云天中。

赏析与吟诵

词人通过回忆杭州西湖的美景，表达了对此景的喜爱和向往之情，同时也表达了欲归隐湖上的情感。

上阕“三三两两”句点明渔舟位置，有悠然自得、不扰不喧的意思。下阕以景寓情，寄托了词人的“出尘”思想。吟诵时要表达出词人对西湖的热爱和急欲归隐的情感。

行香子

述 怀

苏 轼

清夜无**尘**①，月色如**银**。酒斟时、须满十**分**②。浮名浮利，虚苦③劳**神**。叹隙中驹④，石中火，梦中**身**⑤。　虽抱文章，开口谁**亲**⑥。且陶陶⑦、乐尽天**真**。几时归去，作个闲**人**。对一张琴，一壶酒，一溪**云**。

注释

① 尘：细小的尘灰渣滓。

② 十分：古代盛酒器。形如船，内藏风帆十幅。酒满一分则一帆举，十分为全满。

③ 虚苦：徒劳，无意义的劳苦。

④ 叹隙中驹：感叹人生短促，如快马驰过缝隙。

⑤ 石中火，梦中身：比喻生命短促，像击石迸出一闪即灭的火花，像在梦境中短暂的经历。

⑥ 虽抱文章，开口谁亲：是古代士人“宏才乏近用”，不被知遇的感慨。

⑦ 陶陶：无忧无虑、单纯快乐的样子。

译文

夜气清新，尘滓皆无，月光皎洁如银。值此良辰美景，把酒对月，须尽情享受。名利都如浮云变幻无常，徒然劳神费力。人的一生只不过像快马驰过缝隙，像击石迸出一闪即灭的火花，像在梦境中短暂的经历一样。

我虽有满腹才学，却不被重用，无所施展。姑且借现实中的欢乐，忘掉人生的种种烦恼。何时才能归隐田园，不为国事操劳？有琴可弹，有酒可饮，赏玩山水，就足够了。

赏析与吟诵

此词抒写了作者把酒对月时的襟怀意绪，表达了作者渴望摆脱世俗困扰的隐退、出世之意。词的上阕结句集中使用三个表示人生虚无的词语，构成博喻。下阕中“一张琴，一壶酒，一溪云”就足够了，富有诗意，表现出词人的清高。

全词在抒情中插入议论，音节流美，堪称词林中之佳调，为东坡词中风格旷达的作品。吟诵时要将词人苦闷的消极情绪和自我解脱的闲情逸致充分表达出来。

长相思

雨

万俟咏

一声**声**，一更[①]**更**。窗外芭蕉窗里**灯**，此时无限**情**。

梦难**成**，恨难**平**。不道[②]愁人不喜**听**，空阶[③]滴到**明**。

注释

① 更：夜晚计时单位，一夜分为五更，每更约两小时。

② 道：知道。

③ 阶：台阶。

译文

在一声声的雨滴声中，我熬过了漫漫长夜。窗外雨打着芭蕉，窗内亮着孤灯，此时此刻触发起无限的离别之情。

美梦做不成，怨恨的情绪难以平静下来。雨声啊，不懂得忧愁的人不爱听，不停地敲打着空阶一直到天明。

赏析与吟诵

此词写雨抒情，通篇无“雨”，构思巧妙，情景交融，别具艺术特

色。上、下阕有换韵。

词的上阕写景，用芭蕉来透露“无限情”的真正含义，委婉含蓄地抒发了自己因为相思而辗转难寐的孤独、寂寞之情。下阕中，词人直抒胸臆，毫不掩饰自己对夜雨纷繁聒噪的埋怨和愁苦难耐。

虞美人

听　雨

蒋　捷

少年听雨歌楼上，红烛昏[1]罗**帐**。壮年听雨客舟**中**，江阔云低，断雁[2]叫西**风**。　而今听雨僧庐**下**，鬓已星星[3]**也**。悲欢离合总无**情**，一任阶前，点滴到天**明**。

注释

① 昏：暗。

② 断雁：失群的孤雁。

③ 星星：比喻花白的头发。

译文

年少的时候，我在歌楼上听雨。红烛盏盏，昏暗的灯光下罗帐轻盈。人到中年，我在异地他乡的小船上，看蒙蒙细雨。茫茫江面，水天一线，一只失群的孤雁在西风中鸣叫着。

现如今在和尚庙里，独自一人听细雨点点，两鬓已是头发斑白。人生悲欢离合的经历是无法改变的，还是任由台阶前的雨滴慢慢滴到天亮吧。

赏析与吟诵

这首词是蒋捷自己一生的真实写照。三幅象征性的画面，概括了词人从少到老在环境、生活、心情等多方面所发生的巨大变化，构思细腻精巧，内容包含较广，感情蕴藏较深。上、下阕有换韵。

南乡子

黄庭坚

重阳日，宜州城楼宴集，即席作。

诸将说封**侯**。短笛长歌独倚**楼**。万事尽随风雨去，休**休**。戏马台[①]南金络**头**[②]。　　催酒[③]莫迟**留**。酒味今秋似去**秋**。花向老人头上笑，羞**羞**。白发簪花[④]不解**愁**。

注释

① 戏马台：一名掠马台，项羽所筑，今江苏省徐州市南。

② 金络头：有金饰的马笼头，代指功名。

③ 催酒：劝人饮酒。

④ 簪花：在鬓发上插戴菊花。古人于重阳节有簪菊的风俗。

译文

诸将在谈论封侯之事。我独倚高楼，在短笛的伴奏下，高声唱着歌。就让万事都随风雨而去吧，不要再提起。刘裕在重阳节登临戏马台，与群臣宴会的盛景一去不复返了。

多次劝诸位尽情地饮酒。酒的醇香今年依旧。花儿在老人的头上羞笑，花白的头发就是戴上花也不解忧愁。

赏析与吟诵

此词乃重阳佳节宴集时即席而作，为词人之绝笔。词人对自己一生经历的风雨坎坷，表达了无限深沉的感慨，对功名富贵予以鄙弃，抒发了纵酒颓放、笑傲人生的旷达之情。

全词笔调活泼、直抒胸臆、意趣横生。吟诵时要将词人洒脱豪放的性格表达出来。

阮郎归

晏几道

天边金掌[1]露成**霜**，云随雁字**长**。绿杯[2]红袖[3]趁重**阳**，人情似故**乡**。

兰佩紫，菊簪**黄**，殷勤理旧**狂**。欲将沉醉换悲**凉**，清歌莫断**肠**。

注释

① 金掌：铜仙人掌。汉武帝刘彻曾在建章宫筑神明台，上铸铜柱二十丈，有仙人掌托承露盘以伫露水，和玉屑服之，以求长生。

② 绿杯：指美酒。

③ 红袖：指歌女。

译文

天边金铜仙人掌上的托盘里，露水已凝结成霜，雁行一去是那么遥远，唯见云阔天长。举绿杯，舞红袖，趁着重阳佳节，大家来乐一场，人情之温暖，倒有几分像在家乡。

我佩戴着紫色的兰花，把几朵黄菊插在头上，竭力再做出从前那种狂放的模样。我想要用沉醉来换取悲凉，动人的歌声啊，千万别撩起我心中的哀伤！

赏析与吟诵

这首词写于汴京，是重阳佳节宴饮之作。全词以“红袖”“清歌”为衬托，抒写了词人异乡作客、孤独凄凉的情怀。这首词写景洗练，写情起伏跌宕，吟诵时要表达出作者失意的感慨。

醉花阴

李清照

薄雾浓云愁永**昼**，瑞脑[①]消金**兽**[②]。佳节又重阳，玉枕纱厨[③]，半夜凉初**透**。　东篱[④]把酒黄昏**后**，有暗香盈**袖**。莫道不销魂[⑤]，帘卷西风，人比黄花[⑥]**瘦**。

注释

① 瑞脑：一种香料，俗称冰片。

② 金兽：兽形的铜香炉。

③ 纱厨：纱帐。

④ 东篱：泛指赏菊处。

⑤ 销魂：形容极度忧愁、悲伤。

⑥ 黄花：指菊花。

译文

在时浓时淡的云雾般香味中，我总是忧愁白天太长，总是面对着焚着瑞脑的兽形香炉发呆。重阳佳节又到了，我枕着玉枕，睡在纱帐里，半夜时凉意将全身浸透。

黄昏时分，我正在菊圃篱笆旁边饮酒，有一股淡淡的香气飘来，沾满了我的衣袖。不要说我没有离别的忧愁，西风卷起珠帘，你看我比那菊花更消瘦。

赏析与吟诵

这首词是重阳节时，词人思念丈夫赵明诚之作。词的上阕写景及所居之环境，下阕写人之活动及情感。词中细致地描写了词人对周围环境的感受，形象而含蓄地写出了词人孤独、寂寞的心境和刻骨的相思之情。

词的结尾三句精妙绝伦，将词人黯然销魂之态写到了极致。“人比黄花瘦”一句比喻，将相思离愁形象化，是全篇的点睛之笔。吟诵时要将词人在佳节之时对丈夫的极度思念之情委婉地表达出来。

卜算子

咏　梅

陆　游

驿[①]外断桥边，寂寞[②]开无**主**[③]。已是黄昏独自愁，更着[④]风和**雨**。　　无意苦争春，一任群芳**妒**。零落成泥碾[⑤]作尘，只有香如**故**。

注释

① 驿：驿站。古代供驿马或官吏中途休息的专用建筑。

② 寂寞：孤单、冷清。

③ 无主：自生自灭，无人照管和玩赏。

④ 着：遭受。

⑤ 碾：滚压、碾碎。

译文

在驿站外断桥旁边，梅花寂寞地开放着，也无人过问。已到黄昏时分，它正独自发愁，谁料又横遭风雨的摧残。

梅花并不想苦苦地与百花争奇斗艳，抢占春天，也任凭它们的妒忌。梅花凋谢了，飘落在地上被碾压成了尘土，只有那股清香还和原来一样。

赏析与吟诵

这是一首托物言志的词作。词人以梅花自喻，表现出自己虽身处逆境，但仍保持孤高品格和不落世俗的高尚节操。上阕集中描写梅花处境的艰难。下阕词人以梅花自喻，托梅寄志。

全词运用比兴手法，以梅喻人，写出了词人精神境界的高洁，给人留下了十分深刻的印象。结句寓意深远。

霜天晓角

梅

范成大

晚晴风**歇**，一夜春威[①]**折**。脉脉[②]花疏天淡，云来去、数枝**雪**。

胜**绝**[③]，愁亦**绝**。此情谁共**说**？惟有两行低雁，知人倚、画楼[④]**月**。

注释

① 春威：初春的寒威。俗称“倒春寒”。

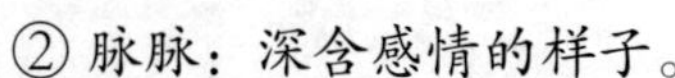

② 脉脉：深含感情的样子。

③ 胜绝：优美到了极点。

④ 画楼：有彩绘装饰的楼阁。

译文

傍晚时分，天晴了，风儿也停歇了。昨夜的春寒肆威，一定会将许多梅花摧折。淡淡的云下，稀疏的花枝依然含情脉脉，浮云飘来飘去，数枝梅梢犹带雪。

胜景太好了，触动的悲愁也苦极了，此情向谁倾诉呢？只有天空中低飞的两行大雁，知道我凭倚栏杆，在画楼上无奈地仰望着明月。

赏析与吟诵

这首词以“梅”为题，写出了词人怅惘、孤寂的幽怨。上阕写景之胜，下阕写愁之绝。

全词以淡景写浓愁，以良宵反衬孤寂无侣的惆怅，寓浓于淡，这种艺术手法是颇耐人寻味的。

虞美人

宜州[①]见梅作

黄庭坚

天涯也有江南**信**，梅破[②]知春**近**。夜阑风细得香**迟**，不道晓来开遍、向南**枝**。　玉台[③]弄粉[④]花应**妒**，飘到眉心**住**。平生个里愿杯**深**，去国[⑤]十年老尽、少年**心**。

注释

① 宜州：今广西壮族自治区河池市宜州区。

② 梅破：梅花绽破花蕾开放。

③ 玉台：传说中天神的居处，也指朝廷的宫室。

④ 弄粉：把梅花的开放比作天宫“弄粉”。

⑤ 去国：离开朝廷。

译文

在宜州看到梅花含苞待放，我知道春天即将来临。夜深时微风吹过，闻不到梅花的香味，以为梅花还没有开放。早晨起来去看，在向南的枝条上已开满了梅花，真是没有想到。

女子在镜台前化妆，引起了梅花的羡慕，就飘落到她的眉心上。若是在平时看到这种景象，便会开怀畅饮。现在却不同了，我经过这十年的贬谪之后，没有年轻时候的情怀和兴致了。

赏析与吟诵

全词以咏梅为中心，把天涯与江南、垂老与少年、去国十年与平生作比较，既表达出天涯见梅的喜悦、朝花夕拾的欣慰，又抒写不胜今昔之慨，表现出作者心中郁结的不平与愤懑。

这首词由景入手，委婉细腻，直抒胸臆，以情收结。

朝中措

梅

赵长卿

别来无事不思量。霜日最凄凉。凝[1]想倚栏干处，攒[2]眉应为萧郎。　　梅花岂管人消瘦，只恁[3]自芬芳。寄语行人知否，梅花得似人香。

注释

① 凝：聚集，集中。

② 攒：聚，凑集。

③ 恁：那，那么。

译文

离别后事事思量，天气凉了更觉得日子难熬。我倚着栏杆不停地思念，因为过度思念萧郎而愁眉不展。

梅花从不关心人因相思而消瘦，仍独自开花溢香。我想告诉你知道吗？你闻到的花香就像闻到人的香味一样。

赏析与吟诵

这首词名为咏梅，实为相思词。上阕描写思念之深，愁眉不展。下阕以梅花自喻，梅花香，人更香。

全词写得形象生动，比喻恰当，韵味悠长。

菩萨蛮

梅 雪

周邦彦

银河[1]宛转三千**曲**。浴凫飞鹭[2]澄波**绿**。何处是归**舟**。夕阳江上**楼**。　　天憎梅浪发[3]。故下封枝雪。深院卷帘[4]**看**。应怜江上**寒**。

注释

① 银河：天河。借指人间的河。

② 浴凫飞鹭：谓野鸭戏水，白鹭飞翔。凫，野鸭。鹭，白鹭。

③ 浪发：滥开。

④ 卷帘：卷起或掀起帘子。

译文

波光粼粼的江水蜿蜒曲折。清澈的江面上野鸭嬉戏，白鹭回旋。哪儿有他乘坐的归舟？在夕阳的余晖里，我独立江边的小楼上久久眺望。

上天都憎恨梅花开得太多太盛，用大雪封盖梅的枝头。当他在深院里掀起帘子看时，一定会挂念着我——在江边凄凉的小楼上等着他的情人吧。

赏析与吟诵

此词咏梅雪，实为抒羁旅别情，并暗含飘零不偶之慨。全词八句，可谓句句景，亦句句情，景中寓情，情以景见，工巧之至，即为浑成。

定风波

红　梅

苏　轼

好睡[①]慵开莫厌迟。自怜冰脸[②]不时宜。偶作小红桃杏色，闲雅[③]，尚馀孤瘦[④]雪霜姿[⑤]。　休把闲心随物态，何事，酒生微晕沁瑶肌。诗老[⑥]不知梅格[⑦]在，吟咏，更看绿叶与青枝[⑧]。

注释

① 好睡：贪睡，此指红梅苞芽周期漫长，久不开放。

② 冰脸：比喻梅外表的白茸状物。

③ 闲雅：文静大方。闲，通“娴”。

④ 孤瘦：疏条瘦枝。

⑤ 雪霜姿：傲霜迎雪的姿态。

⑥ 诗老：指北宋诗人石延年。

⑦ 梅格：红梅的品格。

⑧ 绿叶与青枝：石延年《红梅》诗有“认桃无绿叶，辨杏有青枝”句，苏轼是讥其诗的浅近，境界不高。

译文

不要厌烦贪睡的红梅久久不能开放，只是爱惜自己不合时宜。偶尔是淡红如桃杏色，文静大放，偶尔疏条细枝傲立于雪霜之中。

红梅本具雪霜之质，不随俗作态媚人，虽呈红色，形类桃杏，乃是如美人不胜酒力所致，未曾堕其孤洁之本性。石延年根本不知道红梅的品格，只看重绿叶与青枝。

赏析与吟诵

这是一首咏物词，作品通过红梅傲然挺立的性格，来书写词人迁谪后的艰难处境和复杂之情，表现出自己不愿屈节从流的态度和直观洒脱的品格。

全词融写物、抒情、议论于一体，并通过意境来表达思想感情。“孤瘦雪霜姿”，写红梅斗雪凌霜，归结到梅花孤傲瘦劲的本性，表明苏轼身处穷厄而不苟于世、洁身自守的人生态度。

浣溪沙

贺　铸

楼角初消[①]一缕**霞**，淡黄杨柳暗栖**鸦**。玉人和月摘梅**花**。
笑捻[②]粉香[③]归洞户[④]，更垂帘幕护窗**纱**。东风寒似夜来**些**[⑤]。

注释

① 消：消逝。

② 捻：意指搓转。

③ 粉香：指梅花。

④ 洞户：幽深的闺房。

⑤ 些：句末语气词，多见于楚地方言，读sā。

译文

楼角上刚刚消逝了最后一缕晚霞，夜深时分，淡黄色的杨柳树上栖息着乌鸦。美人在明月下正采摘梅花。

她笑吟吟地手捻花枝返回了家里，还垂下了窗帘，帘幕护住窗纱。那东风乍暖还寒，比昨天夜里还寒气浸浸。

赏析与吟诵

此词写一位貌美如玉的年轻女子从傍晚到夜间的一些活动，表达了词人倾慕和爱恋的情感。“玉人和月摘梅花”，月、花、人三美相映，意境灵动，画面幽洁，令人拍案叫绝。

唐圭璋先生译这首词说：“此首全篇写景，无句不美。”“东风寒似夜来些”，“些”是语气助词。吟诵时要将词人的倾慕和向往之情表现出来。

丑奴儿

书博山[①]道中壁

辛弃疾

少年不识[②]愁滋味，爱上层楼[③]。爱上层楼，为赋新词强[④]说愁。

而今识尽愁滋味，欲说还休。欲说还休，却道“天凉好个秋”！

注释

① 博山：在今江西上饶市广丰区。

② 不识：不明白。

③ 层楼：高楼。

④ 强：竭力，极力。

译文

人年轻的时候，不知道愁是什么滋味，就喜欢登到高楼上去。喜欢登上高楼，是为了想写出新词来，无愁却勉强硬说愁。

现在已经尝尽了愁的滋味，所以想说愁时反而说不出来了。想说愁而不说，却说“好一个凉爽的秋天”！

赏析与吟诵

全词突出渲染了一个“愁”字，以此作为全篇的线索，感情直率而又委婉。上阕着重描写自己的少年时代，下阕着重叙述自己的中年时代。

词的上、下阕用叠句转折，跌宕有致，隽永含蓄，耐人寻味。吟诵时须将词人忧国伤时、报国无门的愁思抒发出来。

点绛唇

李清照

蹴[①]罢秋千，起来慵[②]整纤纤**手**。露浓花**瘦**，薄汗轻衣**透**。
见客入来，袜刬[③]金钗**溜**[④]。和羞**走**，倚门回**首**[⑤]，却把青梅**嗅**。

注释

① 蹴：踏。此处指打秋千。

② 慵：懒，倦怠的样子。

③ 袜刬：这里指跑掉鞋子以袜着地。

④ 金钗溜：意谓快跑时首饰从头上掉下来。

⑤ 倚门回首：靠着门回头看。

译文

荡罢秋千起身，慵倦地起来整理一下纤纤素手。在她身旁，瘦瘦的花枝上挂着晶莹的露珠，她身上的涔涔香汗渗透着薄薄的罗衣。

突然进来一位客人，她慌得顾不上穿鞋，只穿着袜子抽身就走，连头上的金钗也滑落下来。她含羞跑开，倚靠门回头嗅着青梅。

赏析与吟诵

此词为李清照早年作品，描写少女第一次萌动的爱情，真实而生动。上阕描写少女荡完秋千的精神状态，妙在静中有动。下阕描写少女初次见客的动作姿态，妙在曲折多变。

全词风格明快，节奏轻松。在静与动两个场景的结合中，一个活泼可爱的少女形象浮雕般凸现出来，浓烈的青春气息感人至深。

少年游

柳　永

长安古道马迟**迟**[①]，高柳乱蝉**嘶**。夕阳岛[②]外，秋风原上[③]，目断四天**垂**[④]。　　归云[⑤]一去无踪迹，何处是前**期**[⑥]？狎兴[⑦]生疏，酒徒[⑧]萧索[⑨]，不似少年**时**。

注释

① 马迟迟：马行缓慢的样子。

② 岛：指河流中的洲岛。

③ 原上：乐游原上，在长安西南。

④ 四天垂：天的四周夜幕降临。

⑤ 归云：飘逝的云彩。这里比喻往昔经历而现在不可复返的一切。

⑥ 前期：以前的期约。既指往日的志愿心期，又指旧日的欢乐约期。

⑦ 狎兴：游乐的兴致。狎，亲昵而轻佻。

⑧ 酒徒：酒友。

⑨ 萧索：零散，稀少，冷落，寂寞。

译文

我骑马在长安古道缓慢前行，秋蝉在高高的柳树上嘶鸣。夕阳照射下，秋风在原野上劲吹，我举目远望，看见天幕从四方垂下。

归去的云杳无踪迹，往日的期待在哪里？冶游饮宴的兴致已衰减，过去的酒友也都寥寥无几，现在的我已不像以前年轻的时候了。

赏析与吟诵

这首词描写词人落魄潦倒时独处的凄凉情形。上阕写秋风萧瑟，词人在长安古道马行迟迟，一派凄景。下阕写所爱离去，难寻难期，连昔日酒友也寥寥无几。

全词尽露世态炎凉、人情冷暖的悲绪，表现出词人心灰功名的思想。吟诵时要将词人失志之悲表达出来。

浣溪沙

苏　轼

游蕲水[①]清泉寺，寺临兰溪，溪水西流。

山下兰芽短浸溪，松间沙路净无泥。萧萧[②]暮雨子规[③]啼。

谁道人生无再少[④]？门前流水尚能西！休将白发唱黄鸡[⑤]。

注释

① 蕲水：今湖北浠水县。

② 萧萧：形容雨声。

③ 子规：即杜鹃鸟。

④ 无再少：不会再有青春年少时期。

⑤ 唱黄鸡：感叹时光的流逝。因黄鸡可以报晓，表示时光的流逝。

译文

山下兰草刚抽出嫩芽浸泡在溪水中，松柏夹道的小路经过春雨的冲刷洁净无泥。傍晚时分，细雨萧萧，松林间传出了杜鹃鸟的鸣叫声。

谁说人生就不能回到年少时期？门前的溪水还能向西流淌呢！不要在老年的时候感叹时光的飞逝。

赏析与吟诵

这首词上阕描写了暮春时游清泉寺所见的幽雅景致，下阕抒发了一种热爱自然、积极向上的人生情怀。写景一派生机盎然，抒情旷达乐观，情景融合不着痕迹，语言清新自然。

长相思

林　逋

吴山[①]**青**，越山[②]**青**，两岸青山相送**迎**。谁知离别**情**。
君泪**盈**，妾泪**盈**，罗带同心结[③]未**成**。江头潮已**平**[④]。

注释

① 吴山：杭州钱塘江北岸的山，古代属吴国。

② 越山：钱塘江南岸、会稽（今绍兴）以北的山，古代属越国。

③ 同心结：将罗带打成结，象征定情。

④ 潮已平：指江水已涨到与岸齐平。

译文

吴山青青，越山青青，钱塘江两岸的青山相互迎送。有谁知道恋人离别的滋味呢？

男的两眼满含泪水，女的也是两眼满含泪水，真心相爱的人却无法相守。江潮过后水面已经恢复平静了，船儿扬帆要远行。

赏析与吟诵

此词作于林逋隐居于杭州期间。全词写男女离别之情，回环复沓，一唱三叹，表现得如悲如泣，缠绵深挚，极其动人。

末句说潮水已涨，船该启航了，言外暗示离愁别恨已达到高潮了。此句景中寄情，蕴藉深厚。吟诵时对这种男女难舍难分的情感要把握好。

忆秦娥

范成大

楼阴**缺**[1]，栏干影卧东厢**月**。东厢**月**，一天风露，杏花如**雪**。

隔烟催漏金虬[2]**咽**，罗帏[3]暗淡灯花**结**[4]。灯花**结**，片时春梦，江南天**阔**。

注释

① 楼阴缺：指房子在树荫里露出一面。

② 金虬：即铜龙，铜制的龙头，装置在漏器上用来计时的。

③ 罗帏：轻软的纱罗做的帐子，此指闺房。

④ 灯花结：旧俗相传，表示有喜讯。

译文

楼阴缺处，栏杆的影子静静地躺在东厢房前，空中皓月一轮。月儿照东厢，满天露冷风清，杏花洁白如雪。

隔着烟雾，听催促时光的漏壶下，铜龙滴水，声如哽咽。厢房里帷幕昏暗，灯儿结了花。灯儿结了花，我只做了一会儿春梦，便游遍了辽阔的江南。

赏析与吟诵

全词描写春闺少妇的怀人之情，亦写寄托之情。词的上、下两阕描写的情景十分真切，是组词五首中艺术价值最高的一首，此为第四首。

词的上阕写深夜月色，为下阕闺阁愁思不眠作环境和心情的渲染。下阕借暗淡的灯光和哽咽的漏声造成一种幽怨的意境，把人的怨苦表现得十分真切。梦中的她能否见到自己的心上人，词人并未明说，韵味无穷。

蝶恋花

赵令畤

欲减罗衣[①]寒未**去**，不卷珠帘，人在深深**处**。红杏枝头花几**许**？啼痕止恨清明**雨**。　尽日沉烟[②]香一**缕**，宿酒[③]醒迟，恼破[④]春情**绪**。飞燕又将归信**误**，小屏风上西江**路**[⑤]。

注释

① 罗衣：轻软丝织品制成的衣物。

② 沉烟：指点燃的沉香。

③ 宿酒：隔宿之酒，即昨晚睡前饮的酒。

④ 恼破：脑煞。

⑤ 西江路：通往西江之水路，当初心上人正是从此路远行的。

译文

想要减掉罗衣，可春寒尚未散去。珠帘也无心卷起，一个人在深闺中闲居独处。红杏枝头的花还剩下多少？美丽的面庞尚有啼痕，只是怨恨清明时节这无情的风风雨雨。

整天无聊闷坐，看着点燃沉香的青烟一缕。昨夜喝闷酒而大醉，今早醒来得太迟，被惜春的情怀所困，心中充满了怨绪。飞回的燕子又耽误了带来回信，我泪眼凄迷，呆呆地望着小屏风，那上面画的是遥远的江河风景。

赏析与吟诵

此词写闺中伤春怀人。上阕以写景为主，其中无疑有对佳人命运的象征与写照。“深深处”点出女子忧闷之深，渲染出一种深重孤寂的氛围。下阕重点写佳人从垂帘“深深”处走出时的心态、情绪。结尾两句写出了闺中佳人对心上人的一往情深。

吟诵时要将女主人公生活的寂静凄清，怨恨深而又无可奈何的情绪抒发出来。

生查子

元　夕[①]

欧阳修

去年元夜时，花市[②]灯如**昼**。月上柳梢头，人约黄昏**后**。

今年元夜时，月与灯依**旧**。不见去年人，泪湿春衫[③]**袖**。

注释

① 元夕：即元宵节，农历正月十五。民间有元夜观灯的习俗。

② 花市：每年元宵节前后举行卖花、赏花的集市。

③ 春衫：年轻时穿的衣服。也代指年轻时的自己。

译文

去年正月十五我到这里来观灯，花市被各种各样的花灯照得如同白昼一样。黄昏之后，月亮悄悄地爬上柳梢的时候，与佳人相约，同叙衷肠。

今年元宵节我又去看灯，只见月亮和各色各样的花灯与去年相比没有什么不同。千寻万找也没有找到去年见面的人，眼泪不停地流下来，打湿了春衫的衣袖。

赏析与吟诵

这是一首怀人之作。词人将元夜的美好与爱情联系在一起，歌咏、追怀美好的爱情。在写法上，昔与今、闹与静、乐与悲，对比鲜明，语言隽永含蓄、明白如话，颇具民歌的风味。

青玉案

元　夕

辛弃疾

东风夜放花千**树**①，更吹落，星如**雨**②。宝马雕车香满**路**。凤箫③声动，玉壶④光**转**，一夜鱼龙⑤**舞**。　　蛾儿雪柳黄金**缕**⑥，笑语盈盈暗香**去**。众里寻他千百**度**，蓦然⑦回首，那人却**在**，灯火阑珊⑧**处**。

注释

① 花千树：花灯之多如千树开花。

② 星如雨：指焰火纷纷，乱落如雨。

③ 凤箫：排箫，因形状似凤，故名。

④ 玉壶：比喻明月。

⑤ 鱼龙：鱼形、龙形的灯。

⑥ 蛾儿雪柳黄金缕：古代妇女头上佩戴的各种饰品。这里指盛装的妇女。

⑦ 蓦然：猛然，突然。

⑧ 阑珊：零落稀疏。

译文

东风吹起，元宵节期间许多树上挂满了花灯，成了火树银花，风吹时灯花晃动如星雨一样洒落。华丽的骏马和雕花的车辆往来不绝，整条街上都弥漫着香气。美妙的箫声响起，皎洁的月光下，鱼灯、龙灯不停地转动，彻夜舞个不停。

姑娘们戴着蛾儿、雪柳、黄金缕等首饰，娇媚地说说笑笑，从我眼前经过，一阵阵暗香随之而去。我在人群中千百次地寻找她，还是没有找到，猛然回头望去，却发现她独自站在灯光暗淡的地方。

赏析与吟诵

这首词表面看来是一首爱情词，其实亦另有寄托。上阕写元宵夜的辉煌灯火，摩肩接踵的人潮，极其热闹。下阕写灯尽人散，又略显冷清。冷清之中既见佳人，冷中见热。

下阕结尾三句，突出了“那人”与众不同的形象，借以表现自己政治上不肯同流合污的高洁情怀和不慕荣华、独来独往的精神人格。

永遇乐

李清照

落日熔金，暮云合璧，人在何**处**？染柳烟浓，吹梅笛怨[①]，春意知几**许**？元宵佳节，融和天气，次第[②]岂无风**雨**。来相召，香车宝马[③]，谢他酒朋诗**侣**。　　中州[④]盛日，闺门多暇，记得偏重三**五**。铺翠冠儿[⑤]，捻金雪柳[⑥]，簇带[⑦]争济**楚**[⑧]。如今憔悴，风鬟霜鬓，怕见夜间出**去**。不如向帘儿底下，听人笑**语**。

注释

① 吹梅笛怨：梅，指乐曲《梅花落》，用笛子吹奏此曲，其声哀怨。

② 次第：这里是转眼的意思。

③ 香车宝马：这里指贵族妇女所乘坐的装饰华美的车驾。

④ 中州：即中土，中原。这里指北宋的都城汴京，今河南开封。

⑤ 铺翠冠儿：用翠羽装饰的帽子。

⑥ 雪柳：用素绢和银纸做成的头饰。

⑦ 簇带：簇，聚集之意。带，通“戴”。

⑧ 济楚：整齐，漂亮。

译文

落日金光灿灿，像熔化的金水一般；傍晚的云彩像围合着的明月。我如今置身于何地？新生的柳叶如绿烟点染，《梅花落》的笛曲中传出声声幽怨，究竟谁能知道还有多少春意？元宵佳节日暖风和的天气，会不会有风雨出现？那些酒朋诗友驾着华丽的车马前来相召，我只能报以婉言，因为我心中愁闷焦烦。

记得汴京繁盛的岁月，闺中有许多闲暇，特别看重这正月十五。帽子镶嵌着翡翠珠宝，身上带着金线捻成的雪柳，个个打扮得俊丽翘楚。如今我已容颜憔悴，头发蓬松也无心梳理，也懒得夜间出去看灯了。不如从帘儿的底下，听一听别人的欢声笑语。

赏析与吟诵

这首词的前后两种元宵节的不同景况，构成鲜明对比，显出生活的巨大变化，从而流露出词人对故国的眷念和孤独落寞的情怀。

词的上阕写节日景物，蒙上一层黯淡的色彩。下阕写词人南渡前在汴京看灯的欢乐情形。词的语言质朴自然、不假雕琢，极为真切地刻画出人物的内心世界，吟诵时要把握好这一特点。

长相思

欧阳修

花似**伊**①，柳似**伊**。花柳青春人别**离**。低头双泪**垂**。

长江**东**，长江**西**。两岸鸳鸯②两处**飞**。相逢知几**时**。

注释

① 伊：伊人，那个人。多指女性。

② 鸳鸯：鸟名。比喻像鸳鸯一样成对成双的人。

译文

你长得像花一样美丽，也像绿柳一样漂亮。在青春美好的时期，

两人离别了。伤心的人不禁低下头默默流泪。

一个人住在长江东，一个人住在长江西。两个人好像鸳鸯一样身居两地。何时才能相逢呢？

赏析与吟诵

这是一首抒写离别之情的作品。全词以月下脉脉的流水映衬，象征悠悠的离情别绪、深深的思念和由此产生的绵绵的怨恨。

此词频用叠字、叠韵，写得平易自然，语浅情深，富有民歌风味，抒发了无穷无尽的思念。

鹧鸪天

晏几道

彩袖[①]殷勤捧玉**钟**[②]，当年拼却[③]醉颜**红**。舞低杨柳楼心月，歌尽桃花扇底**风**。　从别后，忆相**逢**，几回魂梦与君**同**。今宵剩把[④]银釭[⑤]照，犹恐相逢是梦**中**。

注释

① 彩袖：指代佳人，这里指歌女。

② 玉钟：玉制的酒杯。

③ 拼却：甘愿，不顾惜。

④ 剩把：尽把。

⑤ 银釭：银色的灯台，此指灯。

译文

当年你撩起彩袖，手捧玉杯，殷勤地向我劝酒，我喝了一杯又一杯，甘愿让脸醉得通红。你翩翩起舞，直跳到杨柳掩映的楼台上月儿西沉。你歌声婉转，直唱到手拿画着桃花的扇子已无力摇动。

自从分别以后，我一直回想着我们相逢的时刻，有多少次都梦见与你在一起，你大概也是这样吧。今晚见到你，我手持灯烛对你照了又照，还恐怕我们这次相逢是在梦中呢。

赏析与吟诵

此词追忆当年相聚时的欢乐之景，抒写久别重逢的惊喜之情。上阕写旧日相会，女子的才艺深深打动了词人。下阕承接，旧日情形成了别后之梦，陪伴词人每一个孤独的夜晚。不料今宵得见，不敢相信究竟是梦是真。

全词炼字炼句，精丽工巧，抒情写意，曲折深婉。吟诵时要将词人似梦非梦、情思婉转的真挚感情抒发出来。

鹊桥仙

七　夕

秦　观

纤云弄巧[①]，飞星[②]传恨，银汉[③]迢迢暗**度**。金风玉露[④]一相逢，便胜却人间无**数**。　　柔情似水，佳期如梦，忍顾[⑤]鹊桥[⑥]归**路**！两情若是久长时，又岂在朝朝暮**暮**。

注释

① 纤云弄巧：片片的云彩形成巧妙的花样。

② 飞星：流星。一说指牛郎、织女二星。

③ 银汉：银河。

④ 金风玉露：秋风、白露。

⑤ 忍顾：怎忍回头看。

⑥ 鹊桥：相传七夕之夜，乌鹊在银河中搭桥，让牛郎、织女相会。

译文

轻云弄出巧妙的花样，天上的牵牛、织女彼此传递着别离相思之恨。他们暗中渡过了迢迢的银河，在有秋风、白露的七夕相会，胜过了人世间那些貌合神离的夫妻。

柔情似水一般，佳期恰如梦幻，分别之时不忍心回头看鹊桥回去的路。只要两个人的感情能天长地久，又何必朝夕都相聚在一起。

赏析与吟诵

《鹊桥仙》这一曲调来源于美丽的神话传说，歌咏牛郎、织女的神话故事，赞美经久不衰的坚贞爱情。

此词构思新颖、不落俗套，尤以“两情若是久长时，又岂在朝朝暮暮”，写出了人间情爱的真谛，堪称绝唱。

西江月

新秋写兴

刘辰翁

天上低昂[①]似旧，人间儿女成**狂**。夜来处处试新**妆**。却是人间天上[②]。　不觉新凉似水，相思两鬓如**霜**。梦从海底跨枯**桑**。阅[③]尽银河[④]风**浪**。

注释

① 低昂：起伏，用来形容天色变化的景象。

② 人间天上：天上的生活也和人间一样欢乐。

③ 阅：经历。

④ 银河：天河。

译文

天上的景象和往日一样，人世间的青年男女都在欢度七夕情人节。夜晚来临，到处都能看到女孩们化着浓妆，把自己打扮得更漂亮。我想天上的生活也和人间一样欢乐吧。

不经意间感觉新秋凉意似水，由于相思，两鬓头发都白了。在梦中我看到沧海变成了桑田，看见了银河的大风大浪，太美了。

赏析与吟诵

这首词是词人借七夕来抒发自己眷怀故国的深沉悲壮的情感。上阕着重写七夕时儿女幸福欢快的景象，下阕侧重直抒词人的感受。

词的末两句，表达了词人对世事沧桑、兴盛衰亡的慨叹，起到了画龙点睛的作用。词人用柔笔写感伤，将自己对故国的相思之情，通过隐喻的手法委婉含蓄地表达出来。虽是柔笔，却依然荡气回肠，引人深思。

西江月

七　夕

陈　东

我笑牛郎织女，一年一度相**逢**。欢情尽逐晓云**空**。愁损舞鸾①

歌凤。　　牛女而今笑我，七年独卧西风。西风还解[2]过江东。为报佳期入梦。

注释

① 鸾：旧时传说凤凰一类的鸟。

② 解：懂，明白。

译文

我还曾笑话牛郎和织女，一年只能在七夕相会一次。第二天欢情就烟消云散了，忧愁的情绪影响了凤凰在那里唱歌跳舞。

如今牛郎和织女该笑话我了，离家七年没有回过一次家。幸好西风还懂得我的心意，在梦里给家人报告回去的消息。

赏析与吟诵

这首词非常有意思，新意在于“我笑”与“笑我”的今昔对比。虽然是首基调悲伤的词，但还是让人忍不住调侃，真是应了那句“三十年河东，三十年河西”。

词人说自己曾经嘲笑过牛郎和织女一年只能相会一次，可没想到自己更惨。他背井离乡，和妻子一别七年不得相见，只能在梦中相会，有情人分离之悲苦真是令人同情。

卜算子

李之仪

我住长江头[1]，君住长江尾[2]。日日思君不见君，共饮长江水。

此水几时休？此恨何时已？只愿君心似我心，定[3]不负相思意。

注释

① 长江头：指长江上游。

② 长江尾：指长江下游。

③ 定：词中的衬字。

译文

我住长江上游，你住在长江下游。天天思念着你却又见不到你，好在你我喝的都是长江之水。

这江水什么时候才能枯竭？这怨恨什么时候才能结束？但愿你的心能和我的心一样，那么彼此相爱的心意就一定不会辜负。

赏析与吟诵

此词写相思之情。全词以江水之悠悠不断，喻相思之绵绵不已，抒写相思而不得相见的愁苦之情，表达“愿君心似我心”的忠贞之意。

结句词人翻出新意，阻隔纵然不能飞越，两相挚爱的心灵却可一脉相通。词的语言清淡，风格清新，颇具民歌风味。

长相思[①]

晏几道

长相**思**，长相**思**。若问相思甚了**期**[②]，除非相见**时**。

长相**思**，长相**思**。欲把相思说似[③]**谁**，浅情人[④]不**知**。

注释

① 长相思：词牌名，唐教坊曲名。

② 甚了期：何时才是了结的时候。

③ 似：给予。

④ 浅情人：薄情人。

译文

长久的相思啊，长久的相思。若问这相思何时是尽头，除非是在相见之时。

长久的相思啊，长久的相思。这相思之情说给谁听呢？薄情寡义的人是不能体会的。

赏析与吟诵

此词纯用民歌形式，上下阕均以“长相思”叠起，上阕言只有相见才得终了相思之情。下阕言由于不得相见，相思之情无处诉说，以浅情人不能理解自己的心情反衬自己一往而情深。

此词语极浅近，情极深挚，缠绵往复，姿态多变，宜于吟诵。

卜算子

黄州[①]定慧院寓居作

苏　轼

缺月挂疏桐，漏断[②]人初**静**。谁见幽人[③]独往来，缥缈孤鸿**影**。

惊起却回头，有恨无人**省**[④]。拣尽寒枝不肯栖，寂寞沙洲**冷**。

注释

① 黄州：在今湖北省黄冈市。

② 漏断：即指深夜。漏，指古人计时用的器具。

③ 幽人：幽居之人。

④ 省：理解，明白。

译文

弯弯的月亮挂在梧桐树梢，夜深人声已静，漏壶的水早已滴光了。有谁见到幽居之人独自往来，仿佛那缥缈的孤雁身影。

突然惊起又回过头来，心有怨恨却无人知情。挑遍了寒枝也不肯栖息，甘愿在沙洲忍受寂寞凄冷。

赏析与吟诵

词中借月夜孤鸿这一形象托物寓怀，表达了词人孤高自许、蔑视流俗的心境，实际是反映政治上失意的孤独和寂寞。词的上阕写鸿见人，下阕写人见鸿。

黄庭坚评此词道：“语意高妙，似非吃烟火食人语，非胸中有万卷书，笔下无一点尘俗气，孰能至此！”吟诵时要将词人孤独、寂寞的复杂心境恰到好处地抒发出来。

钗头凤

陆　游

红酥**手**[①]，黄縢**酒**[②]，满城春色宫墙**柳**。东风**恶**，欢情**薄**，一怀愁绪，几年离**索**[③]。**错**，**错**，**错**！　春如**旧**，人空**瘦**，泪痕红浥[④]鲛绡[⑤]**透**。桃花**落**，闲池**阁**，山盟[⑥]虽在，锦书[⑦]难**托**。**莫**，**莫**，**莫**！

注释

① 红酥手：形容手的红润白嫩。

② 黄縢酒：宋朝一种官府酿的酒。

③ 离索：离群索居。索，散。

④ 浥：湿润。

⑤ 鲛绡：神话传说鲛人所织的绡，这里指手帕。

⑥ 山盟：旧时常用山盟海誓，指对山立盟，对海起誓。

⑦ 锦书：书信的美称。

译文

你用红润白嫩的小手捧着黄绢封口的好酒，前来款待我，那正是古老的宫墙旁杨柳青青、满城一片春色的时候。可恨东风，把浓郁的欢情吹得那样稀薄，于是我们满怀愁绪地分开，一别就是好几年。回想起来都是错，错，错！

眼前的春景依旧，人却徒然地消瘦了，沾着胭脂的泪水湿透染红了手帕。桃花落了，飘落在寂静的池塘楼阁间。海誓山盟虽仍在耳畔心头，可我这锦书再也难以交付。深思起来，只有莫，莫，莫！

赏析与吟诵

此词写的是词人陆游与其妻唐婉的爱情悲剧。上阕借景色萧疏凄寒来烘托情感，下阕以春残花落与伊人消瘦相映照，抒情沉痛，溢于言表。

词调节奏短促，音律急切，短句迭出，一字重复，最宜于表达痛苦情绪。全词含蓄委婉，“无一语不天成”，可谓抒写爱情的千古绝唱。千百年来，与其说这首词打动了读者，毋宁说是其背后陆、唐二人的悲情故事打动了读者。

江城子

乙卯[①]正月二十日夜记梦

苏　轼

十年生死两茫**茫**。不思**量**[②]，自难**忘**。千里孤坟[③]，无处话凄**凉**。纵使相逢应不识，尘满面，鬓如**霜**。　夜来幽梦忽还**乡**。小轩**窗**[④]，正梳**妆**。相顾无言，惟有泪千**行**。料得年年肠断处，明月夜，短松**冈**[⑤]。

注释

① 乙卯：即宋神宗熙宁八年（1075）。这一年，苏轼四十岁，任密州知州。

② 思量：思念。

③ 千里孤坟：苏轼妻子王弗葬在作者的故乡四川眉州，作者此时在密州，两地相距甚远。

④ 小轩窗：小回廊的窗前。

⑤ 短松冈：遍植松树的小山冈，此处指墓地。

译文

十年来生死相隔，两相茫茫，即使不去想念也难以忘怀。你的孤坟远在千里之外，彼此无法诉说别后苦况。即使真的相见，恐怕你也认不出我了。我已满面尘土，鬓发如霜。

夜里做梦，梦中回到了故乡，见到你与往常一样正在窗前梳妆，

你我二人只是互相端详而默默无言，唯有泪水纷纷落下。醒来后，我想：千里之外荒郊月夜的“短松冈”上我定会年复一年地为思念你而悲伤。

赏析与吟诵

这是词人悼念亡妻王弗之词。上阕写别恨。吊亡妻、叹现实，感慨悲痛。身处密州的苏轼，却不能到妻子的坟前祭奠、倾诉，一个“孤”字，多少凄凉。下阕写梦。梦中回乡，梦中相见，梦后感想。梦醒之后，其思念之情更是凄凉沉痛，催人泪下，使人断肠。

长相思

蔡　伸

我心坚。你心坚。各自心坚石也穿。谁言相见难。

小窗前。月婵娟[①]。玉困花柔并枕眠。今宵人月圆[②]。

注释

① 婵娟：指月亮。

② 月圆：花好月圆，比喻有情人终成眷属。

译文

我的心意坚定，你的心意坚定。只要两人爱情坚定，就连石头也能穿破。有谁能说见面难呢？

小窗前，美丽的月光照进屋里。漂亮的女子如花似玉一般，依偎着男子并枕而眠，今宵花好月圆人团圆。

赏析与吟诵

这首词是说，只要两人爱情坚定，连石头也可以穿破。只要两人爱情忠贞，可以克服一切困难，有情人终成眷属，得到花好月圆的结果。此词语言浅白，颇有民歌趣味。

一剪梅

舟过吴江①

蒋　捷

一片春愁待酒**浇**。江上舟**摇**，楼上帘**招**②。秋娘渡与泰娘**桥**③，风又飘**飘**，雨又萧**萧**。　　何日归家洗客**袍**？银字笙④**调**，心字香⑤**烧**。流光容易把人**抛**，红了樱**桃**，绿了芭**蕉**。

注释

① 吴江：县名，在今江苏省苏州市南、太湖东。

② 帘招：酒旗招客。

③ 秋娘渡、泰娘桥：吴江两处地名，以唐代著名歌女名字命名。

④ 银字笙：笙上用银作字以表示音调的高低。

⑤ 心字香：一种香名。据说是以香粉制成心字形。

译文

春天的愁绪在心中升起，要等酒来将它浇灭。我在船上摇着橹，在江上行走。两岸酒楼上青旗摆动，仿佛在向我招手。船儿过了秋娘渡，又过泰娘桥，风在呼呼地吹，雨在淅淅沥沥地下。

什么时候我才能回到家里，让家人把我在风尘碌碌中穿的袍子清洗一下？再让爱妻吹奏起银字笙，香炉中焚着心字香，该有多么

温馨啊！光阴似流水，最容易将人抛弃。快看，樱桃又红了，芭蕉又绿了。

赏析与吟诵

这首词描写词人旅途中的所见、所闻、所感。上阕写春愁，下阕写乡思，表现了思乡念友的浓情。末三句叹时光消逝得太快。樱桃刚红，芭蕉又绿了，形象地写时光飞逝。

词中部分句子两两对举，而且往往重复一字，回环反复，音韵和谐，易于吟诵。

蝶恋花

晏　殊

槛菊愁烟[1]兰泣**露**，罗幕[2]轻寒，燕子双飞**去**。明月不谙[3]离恨**苦**，斜光到晓穿朱**户**[4]。　昨夜西风凋碧**树**，独上高楼，望尽天涯**路**。欲寄彩笺兼尺**素**[5]，山长水阔知何**处**？

注释

① 槛菊愁烟：花圃中的秋菊被烟雾笼罩着。

② 罗幕：丝罗质地的帷幕，借指室内。

③ 谙：熟悉，知晓。

④ 朱户：指富贵人家。

⑤ 彩笺、尺素：指书信。尺素，古人写信用素绢，通常约一尺。

译文

花圃中的秋菊被烟雾笼罩着，兰草也像在露中泣诉。罗幕闲垂，微寒时节，燕子双双飞去寻找春天。明月不解人间的离愁苦恨，银光依然斜照到富贵人家到天亮。

昨天夜里刮起了西风，凋零了绿树。我独倚高楼，不禁想起天涯路上相思之人。想给心上人寄去书信，可惜山高水长，又不知她住在何处。

赏析与吟诵

这首词写相思之情，叙离恨之苦，是晏殊词的代表作。上阕写词人对室内外景物的感受，衬托出相思之苦。下阕写登楼后又回室内题诗寄赠，表现其对爱人一往情深的思念。

“昨夜西风凋碧树，独上高楼，望尽天涯路”，生动而形象地刻画出主人公望眼欲穿的神态。“尽”字用得传神。吟诵时要将词人离别相思、愁情无限的情感恰如其分地表达出来。

满庭芳

秦　观

山抹微云，天连衰草，画角声断谯**门**[①]。暂停征棹，聊共引[②]离**尊**。多少蓬莱旧事[③]，空回首，烟霭[④]纷**纷**。斜阳外，寒鸦万点，流水绕孤**村**。　销**魂**[⑤]，当此际，香囊暗解，罗带轻**分**。谩[⑥]赢得青楼，薄幸[⑦]名**存**。此去何时见也，襟袖上，空惹啼**痕**。伤情处，高城望断，灯火已黄**昏**。

注释

① 谯门：城楼。

② 引：举。

③ 蓬莱旧事：男女爱情的往事。

④ 烟霭：指云雾。

⑤ 销魂：形容因悲伤或快乐到极点而心神恍惚不知所以的样子。

⑥ 谩：徒然。

⑦ 薄幸：薄情。

译文

会稽山上，淡淡的云朵像是水墨画中轻抹上去的一般；越州城外，衰草连天，无穷无际；城楼上的号角声，时断时续。在北归的客船上，与歌女举杯共饮，聊以话别。回首多少男女间的情事，此刻已化作缕缕烟云散失而去。眼前夕阳西下，万点寒鸦点缀着天空，一弯流水围绕着孤村。

悲伤之际又有柔情蜜意，心神恍惚下，解开腰间的系带，取下香囊。徒然赢得青楼中薄情的名声罢了。此一去，不知何时重逢？离别的泪水沾湿了衣襟与袖口。正是伤心悲情的时候，城已不见，万家灯火已起，天色已入黄昏。

赏析与吟诵

此词写的是一个离别场面，写得缠绵凄婉，情景交融，语言工丽新巧。上阕写饯别的情景。“斜阳”三句缘情写景，景中有情，暗示别后征途的凄苦。下阕写临别的悲伤。最后以景语作结，以情观景，寓含了词人无限的身世之感。

临江仙

晏几道

梦后楼台高锁，酒醒帘幕低**垂**[①]。去年春恨却来[②]**时**，落花人独立，微雨燕双**飞**。　　记得小蘋初见，两重心字罗**衣**，琵琶弦上说相**思**。当时明月在，曾照彩云[③]**归**。

注释

① “梦后”两句：眼前实景，“梦后”“酒醒”互文，表示意兴阑珊。

② 却来：又来，再来。

③ 彩云：比喻美人。

译文

当我梦觉酒醒之时，见到的只是楼台紧锁、帘幕低垂的景象。这时去年春天离别之恨又重新涌上我的心头。落花寂寂，我独自久久站立；微雨蒙蒙，燕子正双双飞逐。

我清楚地记得与小蘋初次相见的情景，她身着两重心字香熏过的罗衣。她弹着琵琶，在弦上诉说着相思之情。当时的明月如今就在眼前，这月儿曾经在歌舞散后照着她彩云般的身影回去。

赏析与吟诵

这是一首感旧怀人之作。词的上阕写“春恨”，描绘梦后酒醒、落花微雨的情景。下阕写相思，追忆“初见”及“当时”的情状，表现词人的苦恋之情、孤寂之感。

全词写相聚之欢、离别之痛，把现实和回忆交织一体，委婉含

蓄、伤情缕缕。词人在怀人的同时，也抒发了人世无常、欢娱难再的淡淡哀怨。

满庭芳

徐君宝妻

汉上[①]繁华，江南人物，尚遗宣政[②]风流。绿窗朱户，十里烂银钩[③]。一旦刀兵齐举，旌旗拥、百万貔貅[④]。长驱入，歌楼舞榭，风卷落花[⑤]愁。　　清平三百载[⑥]，典章文物[⑦]，扫地俱休。幸此身未北，犹客南州[⑧]。破鉴徐郎何在？空惆怅、相见无由。从今后，断魂千里，夜夜岳阳楼。

注释

① 汉上：泛指汉水至长江一带。

② 宣政：宣和、政和都是北宋徽宗的年号。这句指南宋的都市和人物，还保持着宋徽宗时的流风余韵。

③ 烂银钩：光亮的银制帘钩，指华美的房屋。

④ 貔貅：古代传说中的一种猛兽，此处指元军。

⑤ 风卷落花：指元军占领临安，南宋灭亡。

⑥ 三百载：北宋建国至南宋灭亡。这里取整数。

⑦ 典章文物：南宋时期的制度文物。

⑧ 南州：南方，指临安。

译文

南宋时期汉水至长江一带十分繁华，许多人才都保持着宋徽宗时的流风余韵。绿窗朱户，十里之内全是华美的房屋。元兵一到，刀兵相接，旌旗挥舞，数百万蒙古军长驱直入，歌楼舞榭瞬间化为灰烬。

清明太平的三百余年，制度文物被毁灭得干净、彻底，一切都没有了。幸而自己没有被掳掠到北方去，还寄居在南方。分别了的徐郎你在哪里？只有自己独自惆怅，和徐郎也没有理由可以相见了。从今以后，只能魂返故乡，与亲人相会。

赏析与吟诵

词的上阕以追怀南宋昔日富庶繁华入笔，接着写元兵的侵犯掳掠，控诉了元兵的暴行及其恶果。下阕由国家、历史之不幸转到写自身的家破人散，将历史的大背景和个人的遭遇相结合，更加真实动人。

全词在控诉元兵暴行及其对历史文化造成的巨大破坏时，也抒发了词人怀念故国、家乡，至死不渝的爱国之情。全词情真意切，如啼血杜鹃，感人泪下。吟诵时须注意词中有换韵。

踏莎行

欧阳修

候馆①梅残，溪桥柳**细**，草薰②风暖摇征**辔**③。离愁渐远渐无穷，迢迢不断如春**水**。　寸寸柔肠，盈盈粉**泪**，楼高莫近危栏④**倚**。平芜⑤尽处是春山，行人⑥更在春山**外**。

注释

① 候馆：迎候宾客的旅舍。

② 草薰：青草发出的香气。

③ 摇征辔：骑马远行。辔，行人坐骑的缰绳。代指马。

④ 危栏：高高的栏杆。

⑤ 平芜：平坦的草地，平原。

⑥ 行人：这里指恋人。

译文

馆舍庭院里的梅花已经凋残，小溪桥头的柳树新生的枝条迎风招展。春草散发着清香，春风和煦而又温暖。远行人信马由缰，辔头轻轻摇晃，离家也渐渐遥远。我的愁绪越来越浓，如滔滔东流的春水般无穷无尽，连绵不断。

柔肠寸寸，千绕百转，晶莹的泪珠流过粉妆的双眼。画楼太高，且不要凭倚危栏，所见到的情景更令人难堪。在平坦开阔的草地尽处，是充满春意的远山，而那位心上人还在远山的另一边。

赏析与吟诵

上阕写游子远行，离愁无穷。词以春水喻之，别有风味。下阕写春闺之思，尽日凝望，泪眼欲穿。

全词分别从游人和思妇两面着笔，写出人分两地而情同一心的爱恋，体察入微，用笔细腻，风格柔婉，适于吟诵。

雨霖铃

柳　永

寒蝉[①]凄**切**。对长亭晚，骤雨初**歇**。都门帐饮无绪，留恋处，兰舟[②]催**发**。执手相看泪眼，竟无语凝**噎**[③]。念去去，千里烟波，**暮**霭[④]沉沉楚天**阔**。　　多情自古伤离**别**，更那堪冷**落**清秋**节**！今宵酒醒何处？杨柳岸、晓风残**月**。此去经年[⑤]，应是良辰好景虚设。便纵有千种风情[6]，更与何人说！

注释

① 寒蝉：秋天里的蝉。

② 兰舟：用木兰树木材所制的船，多用作船的美称。

③ 凝噎：哽咽，说不出话来。

④ 暮霭：傍晚的云气。

⑤ 经年：年复一年。

⑥ 风情：男女之间的情意。

译文

秋蝉不住地叫，声音凄凉而急促。面对着长亭时，已临近傍晚，一场急骤的雨才刚刚停止。在京城门外，设帐饯行，喝着酒也毫无情绪。正留恋不舍时，船工又催促上船出发。我们握住对方的手，两双泪汪汪的眼相望着，竟一时哽咽说不出话来。心里想着这一去，将随着千里烟波，越走越远了。傍晚的云气烟雾已渐浓重，而楚地的天空是多么寥廓啊！

自古以来，多情的人总为离别而悲伤，更何况又碰上这冷落的清秋季节。今天夜里，待酒醒时将身在何处？大概是杨柳岸边，只有拂晓的风和西斜的月做伴了吧。这次离去后的年复一年，这里的良辰美景都该是白白存在了。即使我有千万种情意，可是能对谁去说呢？

赏析与吟诵

此词是词人离开汴京与恋人分别时所作，抒写了浓烈的离别相思

之情。词人在倾诉难分难舍的离情别绪之中，也融入了怀才不遇、漂泊无依的人生感慨。

全词基调低沉，意境阔大，画面凄美，音韵谐畅，读来尤觉摇曳生情。此词被历代读者推为柳永婉约词的代表作。

蝶恋花

柳　永

伫[①]倚危楼[②]风细细，望极春愁，黯黯[③]生天际。草色烟光残照里，无言谁会凭阑意？　　拟把疏狂[④]图一醉，对酒当歌，强乐还无味。衣带渐宽[⑤]终不悔，为伊消得[⑥]人憔悴。

注释

① 伫：久立。

② 危楼：高楼。

③ 黯黯：形容心情沮丧。

④ 拟把疏狂：打算放纵一下。

⑤ 衣带渐宽：表示人逐渐瘦了。

⑥ 消得：值得。

译文

我久久倚靠着高楼的栏杆，在微风习习中极目远眺，一缕春愁从天边黯然升起。残阳中苍茫的大地云霭缭绕，有谁能理解我凭栏远望的心情呢？

想要放纵一下身心，一醉方休，对酒当歌，排遣心中的愁苦，怎奈强作欢颜终究索然无味。那么就让我无怨无悔地在相思中消瘦下去吧，为了你而憔悴老去也心甘情愿。

赏析与吟诵

这首词写词人对远方情人的怀念。上阕以写景为主，景中含情，写出词人伫立远望之苦。下阕以明畅淋漓的笔调抒写他执着的恋情，真挚感人。

“衣带渐宽终不悔，为伊消得人憔悴”，十分深刻而形象地写出了词人对爱情的专注，可谓刻骨铭心，也被传诵为千古名句。

江南春

寇 准

波渺渺[1]，柳依**依**[2]。孤村芳草远，斜日杏花**飞**。江南春尽离肠断，蘋[3]满汀洲[4]人未**归**。

注释

① 渺渺：烟波渺渺，水面辽阔。

② 依依：树枝柔弱，随风摇摆。

③ 蘋：又叫田字草，是生长在浅水中的蕨类植物。

④ 汀洲：水中的小块陆地。

译文

江南春水荡漾，烟波浩渺，绿柳吹拂。偏僻的村庄旁，春草茂盛，一眼望不到边，夕阳映照下杏花在飘飞。江南的春天就要远去，离愁别绪的断肠苦却与日俱增。水边的小洲上开满了蘋花，思念的人仍未回家。

赏析与吟诵

这首小令写女子怀人之情。词人通过描写江南暮春景色，衬托女子思念之悲苦，启发读者想象：柳色青青、芳草萋萋，望穿秋水，心上人却远游未归，美好的青春年华就在那孤寂落寞中虚度了。

全词清丽婉转、柔情似水，吟诵起来绕有韵味。

玉楼春

晏　殊

绿杨芳草长亭[①]**路**，年少抛人容易[②]**去**。楼头残梦五更钟，花底离愁三月**雨**。　　无情不似多情**苦**，一寸[③]还成千万**缕**[④]。天涯地角有穷时，只有相思无尽**处**。

注释

① 长亭：供行人休憩饯别之处。

② 容易：轻易，随便。

③ 一寸：指心，心绪。

④ 千万缕：指相思愁绪。

译文

在绿杨垂柳、芳草萋萋的长亭古道上，年少的情郎无情地离我而去，留下我一个人独守着清冷的楼阁。五更钟响起的时候，那残缺的梦更容易醒，三月的小雨击打花瓣的声音更增加了我浓郁的离愁。

无情的人总不如多情的人那样愁苦，即使是一寸思念之心，也会滋生出千丝万缕的惆怅。天之涯、地之角总会有尽头，而我的相思却绵绵无绝期。

赏析与吟诵

此词抒写人生离别相思之苦，寄托了词人有感于人生短促、聚散无常以及盛宴之后的落寞等心情生发出来的感慨。上阕“楼头残梦五更钟，花底离愁三月雨”，不仅有音节对仗工整之妙，更表现了幽咽婉转的意境之美。下阕用反语，先以无情与多情作对比，继而以具体比喻从反面来说明。末两句含意深婉。

整首词感情真挚，富有艺术魅力。

八声甘州

柳　永

对潇潇暮雨洒江天，一番洗清**秋**。渐霜风凄紧，关河冷落，残照当**楼**。是处红衰翠减[1]，苒苒[2]物华**休**[3]。惟有长江水，无语东**流**。　不忍登高临远，望故乡渺邈[4]，归思[5]难**收**。叹年来踪迹，何事苦淹**留**[6]？想佳人妆楼颙望[7]，误几回，天际识归**舟**。争知我，倚阑干处，正恁[8]凝**愁**[9]！

注释

① 红衰翠减：花凋叶落。

② 苒苒：渐渐。

③ 物华休：美丽的景物凋零了。

④ 渺邈：遥远。

⑤ 归思：归家的心情。

⑥淹留：久留。

⑦颙望：抬头凝望。

⑧恁：如此。

⑨凝愁：愁思郁结难解。

译文

傍晚时分的一场阵雨从天空洒落在江面上，经过这番洗涤，秋天变得格外清朗了。寒风越来越凄厉，关山江河都更加清冷，落日的余光照耀在高楼上。无论走到哪里，都是花谢叶稀，原来茂盛美好的自然景物都不见了。只有滔滔的长江水还像以往一样，默默地向东流去。

我不忍心登上高处远眺故乡，它是那么遥远而不知在何处，我想要归去的心思难以抑制。感叹这些年来到处游走、漂泊，因为何事久留在外不归呢？想着佳人正在华丽的楼上抬头凝望思念我，不知多少次弄错了我回家坐的那条船。她哪里知道，我也在这里倚着栏杆，愁思正如此深重！

赏析与吟诵

这首词抒写了词人羁旅思归的情绪，是词人词作中境界极高的一篇。上阕铺叙，描写了深秋景象。下阕抒情，从双方着墨，我思君时，君亦在思我。

全词结构细密，融情于景，长于铺叙，语浅情深，具有极强的感染力和表现力，堪称词史上的丰碑，流传千古。吟诵要将思归之情表达得委婉动人。

苏幕遮

怀 旧

范仲淹

碧云天，黄叶**地**，秋色连波，波上寒烟**翠**。山映斜阳天接**水**，芳草无情，更在斜阳**外**①。 黯乡魂②，追旅**思**③，夜夜除非，好梦留人**睡**。明月楼高休独**倚**④，酒入愁肠，化作相思**泪**。

注释

① 斜阳外：斜阳照不到的地方。

② 黯乡魂：因思念家乡而忧伤。

③ 追旅思：对往事的回忆引起了羁旅的愁绪。

④ 倚：靠着。

译文

天空飘着淡青的云彩，大地铺满枯黄的落叶。秋色绵延一直伸展到水边，水波荡漾，上面还笼罩着一层带有寒意的烟雾。远处山峦映着斜阳，天与水连成一片，芳草远接斜阳外的天涯，是那么无情地令人愁苦。

我的心因思念家乡而黯然悲伤，羁旅的愁绪总是在心头萦绕。我夜夜都受思念的煎熬而难以入睡，除非是能做个好梦，才能得到片刻的安眠。明月已照到高楼之上，还是别独靠着栏杆去思念了吧，不如喝点酒来消愁，谁知酒喝下后，我的眼泪却更多了。

赏析与吟诵

这首词上阕极力渲染秋景，下阕直抒胸臆，以低回深沉的笔触，抒写了词人的思乡情怀和羁旅之愁。

全词将眼前的秋景与深挚缠绵的乡愁融为一体，意境开阔，真情流溢，引人遐想。词中造句清丽，声情并茂，以“柔情”“丽语”为后世所称道。吟诵时要将背井离乡人的愁思抒发出来。

卜算子慢

柳　永

江枫渐老，汀蕙①半凋，满目败红衰**翠**。楚客登临，正是暮秋天**气**。引疏砧②、断续残阳**里**。对晚景、伤怀念远，新愁旧恨相**继**。　　脉脉人千**里**。念两处风情，万重烟**水**。雨歇天高，望断翠峰十**二**。尽无言、谁会凭高**意**。纵写得、离肠万种，奈归云③谁**寄**。

注释

① 汀蕙：沙汀上的蕙草。

② 疏砧：稀疏的捣衣声。砧，捣衣石。

③ 归云：喻归思。

译文

江边的枫树渐渐衰老，水边小洲上的蕙兰多半凋谢，满眼都是红花落地，各种植物翠绿色渐褪。楚地客人登高远望，正是秋天将近的时候。断断续续的捣衣声在夕阳里不断传来。面对这样的晚景，我不由得想起过去的许多事情，新愁旧恨相继到来。

这时想起了你在千里之外。可惜我们身处两地，远隔千山万水。雨停了，天高云淡，我由近及远望着眼前的许多山峰。我已无话可说，有谁会懂得我的心情呢？纵然写得千万种分离的痛苦情思，谁能给你寄去我的一片深情？

赏析与吟诵

此词上阕写景，奠定了凄清的基调，烘托出怀人的氛围。“新愁旧恨相继”，此刻先后涌上心头，这愁恨是多么浓重！下阕抒情，直接写出愁恨的缘由。一个“念”字，令词人怀人之情顿生层澜。

此词艺术上的特色主要运用烘托、渲染的手法，写出了词人感情的波澜起伏。吟诵时要将词人的思念、愁苦的心境表现出来。

浣溪沙

秦 观

漠漠[①]轻寒上小楼，晓阴无赖[②]似穷秋[③]。淡烟流水画屏幽。

自在飞花轻似梦，无边丝雨细如愁。宝帘[④]闲挂小银钩。

注释

① 漠漠：弥蒙、弥漫的样子。

② 无赖：无聊，无意趣。

③ 穷秋：深秋，晚秋。

④ 宝帘：精致的窗帘。

译文

一阵阵轻轻的寒意爬上小楼，拂晓时阴云惨淡，好像是荒凉的暮

秋。彩色屏风上画着淡烟笼罩流水，意境幽幽。

悠闲自在飞着的杨花好像是在梦中飘荡，丝丝不断的细雨如同我排遣不掉的忧愁。无奈之下，我把精美的帘幕挂起，倚在窗前独自凝眸。

赏析与吟诵

此词赋咏春愁，是少游小令词的代表作。上阕写景，一个“幽”字突出了人物的主观感受。下阕正面写春愁，结句不仅写尽了人物百无聊赖的神情，也写出了不知如何排遣的苦闷。

全词构思新颖，联想奇特，描写生动，刻画精丽，创造了一个空灵优美而又充满淡淡忧伤的艺术境界。

声声慢

李清照

寻寻觅觅，冷冷清清，凄凄惨惨戚**戚**[1]。乍暖还寒[2]时候，最难将**息**[3]。三杯两盏淡酒，怎敌他、晚来风**急**！雁过也，正伤心，却是旧时相**识**。　满地黄花堆积，憔悴损，如今有谁堪**摘**？守着窗儿，独自怎生[4]得**黑**！梧桐更兼细雨，到黄昏、点点滴**滴**。这次第[5]，怎一个愁字了**得**！

注释

① 戚戚：悲愁、哀伤的样子。

② 乍暖还寒：忽暖忽冷，天气变化无常。

③ 将息：养息，休息。

④ 怎生：怎么，怎样。

⑤ 次第：光景，状况。

译文

苦苦地寻寻觅觅，却只见四周冷冷清清，境况凄凄惨惨，心中一阵阵悲戚。忽暖忽冷的季节，最难保养好身体了。喝上几杯淡酒，又怎能挡得住傍晚时猛烈的大风呢？天上大雁飞过，正教我伤心，它们都是我从前认识的老朋友啊！

金黄色的菊花瓣堆积得满地都是，花儿憔悴如此，如今还有谁来采摘？我守着窗口，一个人怎么才能等到天黑呢？梧桐叶落，再加上下着细雨，到黄昏时，滴滴答答地响个不停。这番光景，只用一个“愁”字怎么能概括得尽呢？

赏析与吟诵

这首词抒写了词人的愁苦心情，是词人晚年的一篇杰作。上阕连用十几个叠字，表现一个人苦寻无着、心神不宁、若有所失的神态。词人继而以酒浇愁，目送秋鸿，心中平添许多怅惘。下阕词人环顾自家庭院，黄花堆积，雨打桐叶，愁煞闺中人，此情此景，一个“愁”字怎能概括得尽呢？

全词构思大胆新奇，语言真挚朴素、不事雕琢，大量运用叠字，声韵和美，给人以清新自然之感。

一剪梅

李清照

红藕香残[①]玉簟[②]**秋**。轻解罗裳[③]，独上兰**舟**。云中谁寄锦书[④]

来？雁字[5]回时，月满西楼。　花自飘零水自流。一种相思，两处闲愁。此情无计可消除，才下眉头，却上心头。

注释

① 红藕香残：指荷花已凋谢，夏去秋来。

② 玉簟：光滑似玉的精美竹席。

③ 裳：古人穿的下衣，也泛指衣服。

④ 锦书：书信的美称。

⑤ 雁字：群雁飞时常排成"一"字或"人"字。诗中称群飞的大雁。

译文

荷已残，香已消，光滑如玉的竹席透出秋的凉意。轻轻换下薄纱罗裙，独自登上小船。仰天远望，谁会将书信寄来？正是雁群南归的时候，月光已经洒满这独倚的西楼。

花自在地飘落，水自在地流淌。一种离别的相思，牵动起你我两个人的愁绪。这种相思、离愁无法排解，刚从微蹙的眉间消失，又隐隐缠绕上了心头。

赏析与吟诵

这首词写于李清照与赵明诚婚后不久，当时赵明诚负笈远游，李清照写此词相送。此词以清秋的典型景致，兴起闺中离思，以鸿雁传书与花飘水流来写夫妻深情与离别哀怨，将"一种相思"与"两处闲愁"、"才下眉头"与"却上心头"对举，细腻地写出了难以解脱的相思之情。

全词语意超然，情真意切，将相思之情表达得温婉感人。吟诵时要将相思离愁之情处理得恰到好处，给人以无限怅惘之感。

蝶恋花

苏　轼

花褪残红[①]青杏小。燕子飞时，绿水人家绕。枝上柳绵[②]吹又少，天涯何处无芳草。　　墙里秋千墙外道。墙外行人，墙里佳人笑。笑渐不闻声渐悄，多情[③]却被无情[④]恼。

注释

① 花褪残红：春花凋谢。

② 柳绵：柳絮。

③ 多情：指墙外行人多愁善感。

④ 无情：指佳人欢笑游戏，全然不知墙外行人之愁，近似无情。

译文

花瓣落得满地都是，杏树上结的杏还很小。燕子在池塘边人家的房屋上飞来飞去。柳树上的柳絮已被风吹得越来越少，我坚信天涯海角到处都会长满茂盛的芳草。

墙里的少女在悠闲地荡着秋千，墙外大道上的行人不断听到墙里传来美丽少女那爽朗的笑声。由于走得越来越远，笑声渐渐地听不到了，这多情的笑声更使我感到无比烦恼和伤心。

赏析与吟诵

这首词融豪放、婉约于一体，颇为值得玩味。此词写春残之景，

抒行役之情。上阕以豪放之语写暮春、伤春之情，给人希望的同时也略带凄凉之感。下阕写人言情，抒写词人对爱情及人生的态度。

全词上、下阕看似毫无关联，实则以景入情，层层深入，情理相通，最后道出无情与有情的关系，耐人寻味。

千秋岁

张　先

数声鶗鴂[①]，又报芳菲[②]歇。惜春更把残红折。雨轻风色暴，梅子青时节。永丰柳[③]，无人尽日花飞雪。　莫把幺弦[④]拨，怨极弦能说。天不老，情难绝。心似双丝网，中有千千结。夜过也，东窗未白孤灯灭。

注释

① 鶗鴂：杜鹃鸟。

② 芳菲：指芬芳的花草。

③ 永丰柳：泛指园柳，比喻孤寂无依的女子。

④ 幺弦：琵琶的第四弦，借指琵琶。

译文

杜鹃鸟又在鸣叫，仿佛在告诉人们，芳草就要凋谢，春天即将过去。我留恋春天，就在花丛中采来一枝残花欣赏。细雨霏霏，疾风阵阵，正是梅子刚青的季节。永丰坊那棵柳树，尽管无人照管，也整日飘飞柳絮，好似满天雪花。

不要弹拨琵琶的细弦，那幽怨的曲调令人愁肠百结。苍天不老情不了，我的心好像是双丝结成的网，其中有千结万结。又度过一个难熬的长夜，东窗未白，天色渐亮时，我才把那盏如豆的孤灯吹灭。

赏析与吟诵

这是一首描写美好恋情遭受阻碍的词作。它将情人之间的悲欢离合写得婉转幽怨，是词人的代表作之一。上阕描写暮春之景，借景抒情，表达美好爱情横遭破坏的痛苦。下阕抒相思之情，缠绵而又坚决。“天不老”几句表达爱情的真挚，堪称写情的名句。

全词借景抒情，意境深婉，韵味无穷。

眼儿媚

朱淑真

迟迟[①]春日弄[②]清**柔**，花径暗香**流**。清明过了，不堪回首，云锁[③]朱**楼**[④]。　午窗睡起莺声巧，何处唤春**愁**？绿杨影里，海棠亭畔，红杏梢**头**。

注释

① 迟迟：指春天日长而阳光和煦。

② 弄：将阳光拟人化，用字极妙。

③ 锁：浓密的云雾笼罩着朱阁绣户。

④ 朱楼：指富丽华美的楼阁。

译文

春风抚弄着杨柳的枝条，小路上流动着花香。正是清明节过后，云雾笼罩着红楼，好似是把它锁住，那往事，不堪回首。

午睡醒来，听到莺儿美妙的鸣叫声，去哪里寻找春愁呢？是在绿杨影里，是在海棠亭畔，还是在红杏梢头？

赏析与吟诵

词之主题写春愁，但写得清新婉丽，含蓄又轻灵，令人回味无穷。

煦暖的阳光下，若有若无的花香，只有如词人那般的纤细之心方能体察。莺声啼破午梦，也唤起了词人的愁思。只是让那愁思一缕一缕散落在绿杨影里，海棠亭畔，红杏梢头。

蝶恋花

早　行

周邦彦

月皎[①]惊乌栖不**定**，更漏将阑，轳辘[②]牵金**井**。唤起两眸清炯**炯**[③]，泪花落枕红绵**冷**。　　执手霜风吹鬓**影**，去意徘徊，别语愁难**听**。楼上阑干[④]横斗**柄**[⑤]，露寒人远鸡相**应**。

注释

① 月皎：月色洁白光明。

② 轳辘：辘轳。井架上提水的滑车。

③ 炯炯：明亮貌。

④ 阑干：横斜之状。

⑤ 斗柄：北斗七星的第五颗至第七颗星，因其形似斗柄，故称。

译文

明亮的月光惊起栖鸟，在树枝上吵个不停；夜晚即将结束，辘轳在响，井边已有人提水。刚从睡梦中被弄醒，一双眼睛炯炯发光，泪水滴在枕头上，一片湿冷。

我们紧握住对方的手，看寒风吹动鬓发，临走的心情彷徨无依，告别的话语不忍心再听。高楼上空北斗七星已经横斜，天色将明，晓露侵肌寒，人已远去，只有雄鸡的啼声此起彼应。

赏析与吟诵

这首词是写一对恋人在秋天早晨离别时难舍难分的情态。上阕写分别前的景物和环境，尤以“唤起两眸”句刻画得最为传神生动。下阕写分别时的场景与情怀，依依不舍，牵连不断，结句余韵悠长。

此词篇幅短小，情节生动，结构完整，情真意切。

唐多令

惜别

吴文英

何处合成**愁**？离人心上**秋**[①]。纵芭蕉不雨也飕**飕**[②]。都道晚凉天气好，有明月，怕登**楼**。　　年事[③]梦中**休**，花空烟水**流**。燕辞归，客尚淹**留**[④]。垂柳不萦[⑤]裙带[⑥]住，漫长是，系行**舟**。

注释

① 心上秋：“心”上加“秋”字，即合成“愁”字。

② 飕飕：风声，此指风吹蕉叶之声。

③ 年事：指岁月。

④ 淹留：久留，停留。

⑤ 萦：缠绕，系住。

⑥ 裙带：指离开的女子。

译文

这愁是从哪里聚集的呢？原来它是离人心上的秋意啊！芭蕉纵然不被雨打也沙沙地响，吹出飕飕的冷气。人人都说晚凉时的天气最好，我却害怕登上高楼，明月当空，更加令我滋生忧愁。

一年的盛事像做了一场梦那样过去了，万紫千红，都已成空，随烟笼寒水流去。燕子已离巢去了南方，我却依然在异乡久留。垂柳不能留住她，却老是空费心思拴住我的行舟。

赏析与吟诵

这首词抒写了秋日游子的离愁别绪。上阕写羁旅愁思。下阕写年光过尽，往事如梦。羁身异乡，已是凄清；家中送客，人更孤零。

此词明白如话，浅显晓畅，不事雕琢，自然浑成，别具一格。吟诵时要将词人身在异乡时浓重的羁旅愁绪抒发出来。

武陵春

春　晚

李清照

风住尘香[①]花已尽，日晚倦梳**头**。物是人非事事**休**，欲语泪先**流**。　　闻说双溪[②]春尚好，也拟泛轻**舟**。只恐双溪舴艋**舟**[③]，载不动许多**愁**。

注释

① 尘香：尘土里掺杂着落花的香气。

② 双溪：水名，在今浙江省金华市东南。

③ 舴艋舟：形似舴艋的小舟。

译文

暮春之时，花已凋落殆尽，只有尘土还带有花的香气。天边的红日已经高升，我却懒得去梳头。而今景物依旧，人事皆非，千头万绪无从说起，还未等开口，就已经泪如泉涌了。

听说金华郊外双溪春光明媚，我打算去泛舟散散心。只怕双溪的舴艋船载不动我满腹的忧愁。

赏析与吟诵

此词抒发了词人伤春怀旧的愁情，婉转凄美。上阕主要写“物是人非”的巨变所带来的哀痛凄楚。下阕“载不动许多愁”，形象而又深刻地写出愁思之重。

全词语言优美，意境深远。词人将抽象的情感通过比喻、借代等手法具体化、形象化，使情感更加饱满、充实，可谓一唱三叹，令人回味无穷。

玉楼春

欧阳修

尊前[①]拟把归期**说**，未语春容[②]先惨**咽**。人生自是有情痴，此恨不关风与**月**。　　离歌且莫翻新**阕**[③]，一曲能教肠寸**结**。直

须[④]看尽洛城花[⑤]，始共春风容易别。

注释

① 尊前：即樽前，饯行的酒席前。

② 春容：此指离别的佳人。

③ 翻新阕：按旧曲填新词。

④ 直须：必须，一定要。

⑤ 洛城花：洛阳盛产的牡丹。

译文

在离别的酒宴上，本想说说归来重聚的日期以安慰对方，没想到话还没出口，就已经伤心不堪了。人的多愁善感是与生俱来的，这种离愁别恨与风花雪月没有关系。

饯别的酒宴前，不要再按旧曲填新词，清歌一曲已经教人愁肠寸断。还是让我们一起欣赏洛阳的牡丹花后，再与春风轻松地告别吧。

赏析与吟诵

此词抒写离愁别恨。词的上阕由送行宴席写起，未走即盼归期，足见依恋难舍，确实当得起“情痴”二字。“人生自是有情痴，此恨不关风与月”二句，对人间情爱加以大胆肯定，明快之极，真率之至！下阕写离宴之歌愈发增添离愁，且无从驱遣。

这首词于豪放之中有沉着之致，吟诵时要对这一真挚爱情予以充分表达。

踏莎行

郴州[1]旅舍

秦 观

雾失楼台，月迷津**渡**[2]。桃源望断无寻**处**。可堪[3]孤馆闭春寒，杜鹃声里斜阳**暮**。 驿寄梅花，鱼传尺**素**[4]。砌成此恨无重**数**。郴江幸自绕郴山，为谁流下潇湘[5]**去**？

注释

① 郴州：今湖南省郴州市。

② 津渡：渡口。

③ 可堪：哪堪，怎么能承受。

④ 尺素：书信的代称。

⑤ 潇湘：潇水和湘水在今湖南永州合流，称潇湘。

译文

楼台在雾里消失了，月色朦胧，迷失了渡口。望断天涯，理想中的桃花源也渺不可寻。独居客馆，春寒料峭，生活寂寞得难受。傍晚时分，杜鹃在凄切地鸣叫着。

远方朋友的音信更增加了我重重的离愁别恨。郴江水本来是绕着郴山流去的，为什么要流到潇湘去呢？

赏析与吟诵

这首词为词人贬谪郴州时所写。词中抒写了词人流徙僻远之地的凄苦、失望之情和思念家乡的怅惘之情。上阕以写景为主，景中见

情，表现了词人苦闷迷惘、孤独寂寞的情怀。下阕以抒情为主，写他谪居生活中的无限哀愁，偶尔也情中带景。

全词运用比兴手法，抒写词人遭贬谪的离恨，音调低沉，委婉悠长，堪称享誉词坛的千古绝唱。

朝中措

送刘仲原甫[①]出守维扬[②]

欧阳修

平山[③]阑槛倚晴空，山色有无中。手种堂前垂柳，别来几度春风。　　文章太守[④]，挥毫万字，一饮千钟。行乐直须年少，尊前看取衰翁[⑤]。

注释

① 刘仲原甫：即刘敞，字原甫，作者好友。

② 维扬：今江苏省扬州市。

③ 平山：即平山堂。欧阳修任扬州知州时所修建，后成为扬州名胜。

④ 文章太守：作者当年知扬州府时，以文章名冠天下，故称“文章太守”。一说“文章太守”是作者用以指刘敞。

⑤ 衰翁：作者自谓。

译文

在平山堂前，我倚着栏杆，遥望万里晴空，山色若隐若现。几年前我在堂前亲手栽下了垂柳，已经历了数度春风秋雨，该长高了吧。

很会写文章的太守，一动笔就可挥就数万字，一饮千杯很豪爽。趁年轻赶快行乐吧，看我一把年纪了，不是照样饮酒作乐、豪情万丈？

赏析与吟诵

这首词是词人临别赠好友刘原甫之作。全词通过对词人在扬州生活的追忆，塑造了一个豪放豁达、风流儒雅的太守形象，寄寓了词人人生易老、及时行乐的情怀。

词人通过赋咏扬州平山堂前的风物名胜，表达别后思念之意，抒写风流豪逸之情。这首词风格沉郁却不凄然，意味深长，实为佳作。

好事近

吕渭老

飞雪过江来[1]，船在赤栏桥[2]**侧**。惹报布帆无恙[3]，著两行亲**札**[4]。
从今日日在南楼，鬓自此时**白**。一咏一觞[5]谁共？负平生书**册**。

注释

① 飞雪过江来：冒着雪渡过长江抵达江南。

② 赤栏桥：在安徽省合肥市。

③ 布帆无恙：旅途平安。

④ 亲札：亲笔写的信。

⑤ 觞：酒杯。

译文

我冒着雪渡过长江抵达江南，船停靠在赤栏桥的旁边。向你报告一声旅途一路平安，还带来了两封亲笔写的信。

从今天开始，我天天都要在南方度过了，一直到满头白发生。我与谁一道去吟诗、喝酒呢？不能为国建功立业，辜负了我白读一辈子书了。

赏析与吟诵

这首词是词人南渡平安抵达后，写给友人的。词的上阕写抵达江南，并报平安。词的下阕抒发悲伤、懊悔的心情。“负平生书册”，是说辜负了自己读了一辈子书，却无法实现为国建功立业的抱负。

全词虽平实简洁，感情却深沉真挚，可以说悲凄与懊悔之情交织，意蕴丰富。

一剪梅

余赴广东，实之[①]夜饯于风亭

刘克庄

束缊[②]宵行十里**强**。挑得诗**囊**，抛了衣**囊**。天寒路滑马蹄**僵**。元是王**郎**，来送刘**郎**。　酒酣耳热说文**章**。惊倒邻**墙**，推倒胡**床**[③]。旁观拍手笑疏**狂**[④]。疏又何**妨**，狂又何**妨**？

注释

① 实之：王迈，字实之。

② 束缊：束乱麻为火把。

③ 胡床：交椅，可以转缩，便于携带。

④ 疏狂：不受约束，纵情任性。

译文

束乱麻为火把，在夜里走了十多里路。装诗书的行李带着了，却抛掉了衣物。天气寒冷，道路湿滑，马蹄都冻得发僵。原来这是王郎专门来送刘郎。

酒喝得正在兴头上，连耳朵都发热的时候，谈起了如何写出好文章来。夜深人静，惊动了邻居，推倒了交椅。这些人过来旁观，拍手笑我们喝得太多了。纵情又怎样，狂放又怎样？

赏析与吟诵

这是一首别具一格的告别词，绘声绘色地描写了两位好友忧愤深沉、豪迈激越的离别情，表现了他们饱受压抑而又不甘屈服的狂士性格。

全词通过友人饯别的场面，抒发了词人郁结在心中的愤懑和不平。词的风格豪放不羁，雄奇中带有谐趣，特别是对人物动态的描写更具特色。吟诵时要把词人及其朋友深沉豪放的性格通过音韵抒发出来。

虞美人

舒　亶

芙蓉[①]落尽天涵**水**，日暮沧波**起**。背飞[②]双燕贴云**寒**。独向小楼东畔倚阑**看**。　　浮生[③]只合[④]尊前**老**。雪满长安**道**。故人早晚上高**台**，寄我江南春色一枝**梅**。

注释

① 芙蓉：即荷花。

② 背飞：背离而飞，喻分离。

③ 浮生：指人生。

④ 合：应该。

译文

荷花落尽，水天一色，日暮黄昏时分，绿波又被风吹起。相背而飞的双燕向寒云飞去。我独自在小楼东侧，凭倚栏杆向远处望去。

短暂的人生有许多烦恼，真应该在醉酒中衰老。时间过得真快，白雪又落满长安道。我相信好朋友早晚一定会登高远眺，同时给我寄上一枝梅花，把江南的春意早早带给我。

赏析与吟诵

这首词为寄赠友人之作。上阕写词人傍晚于小楼上欣赏秋景。下阕写冬日的长安，词人盼望老友送来梅花。全词传达出词人苦闷、孤独又渴望得到友情慰藉的心情。

临江仙

夜登小阁，忆洛中旧游

陈与义

忆昔午桥[①]桥上饮，坐中多是豪**英**[②]。长沟流月[③]去无**声**。杏花疏影里，吹笛到天**明**。　二十余年如一梦，此身虽在堪**惊**。闲登小阁看新**晴**[④]。古今多少事，渔唱起三**更**。

注释

① 午桥：桥名。在今河南洛阳城南。

② 豪英：出色的人物。

③ 长沟流月：月光随着流水悄悄地消逝。

④ 新晴：雨过天晴。

译文

想当年我们在洛阳城南午桥上饮酒，在座的大多是出色的英才。月光映在河面，随水无声无息地流去。在杏花稀疏的影子中，我吹着笛子一直到天亮。

二十多年过去，真像是一场梦啊！我虽身在，回忆起来也惊心动魄。闲来无事，我登上小阁楼看看新雨后的景致。古往今来有多少令人感叹的事啊！只听得半夜三更有人在唱着渔歌。

赏析与吟诵

这是一首抚今追昔、感时伤世之作。上阕忆旧，将作者那种充满闲情雅兴的生活场景真实地反映了出来。下阕抒怀，二十年间国破家亡，颠沛流离，九死一生。末两句，淡语写哀，古今多少兴亡事，都如过眼云烟，转瞬成空。

全词笔调明快，浑成自然，不假雕琢，沉郁有味，为历代词论家推赏。吟诵时要将词人远离故乡、感慨深沉的情感展现出来。

南歌子

忆 旧

仲 殊

十里青山远，潮平路带**沙**。数声啼鸟怨年**华**[①]。又是凄凉时候[②]，在天**涯**。 白露收残月，清风散晓**霞**。绿杨堤畔问荷**花**：记得年时沽酒[③]，那人**家**[④]？

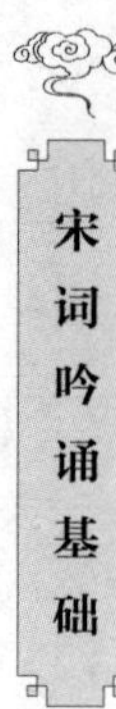

注释

① 怨年华：指鸟儿哀叹年光易逝。

② 凄凉时候：指天各一方的凄凉的日子。

③ 年时沽酒：去年买酒。

④ 家：句末语助词。

译文

远处的青山连绵不断，潮水涨平了沙路。偶尔听到几声鸟鸣，好像是在哀怨时光在流逝。又是凄凉的秋天了，我远在海角天涯。

白露湿衣，残月西去，拂晓的凉风慢慢地吹散朝霞。走到那似曾相识的绿杨堤畔，我向池塘中盛开的荷花询问：你可记得，那年在路边买酒的那个人吗？

赏析与吟诵

这首词为词人出家为僧后所作。写词人在夏日旅途中的一段感受，反映他眷恋尘世的复杂心境。上阕着重从空间方面着笔，慨叹年华虚度，对浮生的坎坷命运仍未能释然于怀。下阕主要从时间方面落笔，表明只有出淤泥而不染的荷花才配作自己的知己，也表明他对往事一直未能忘怀。

全词从时空两方面构思，写景抒情，情寓于景，意境清晰，意象清悠。词作设色明艳，对比和谐，美感很强。

桂枝香

金陵[1]怀古

王安石

登临送目[2]，正故国晚秋，天气初肃[3]。千里澄江似练，翠峰如簇[4]。归帆去棹[5]残阳里，背西风，酒旗斜矗。彩舟云淡，星河鹭起，画图难足[6]。　念往昔、繁华竞逐[7]。叹门外楼头，悲恨相续[8]。千古凭高对此，谩嗟荣辱。六朝旧事随流水，但寒烟衰草凝绿。至今商女[9]，时时犹唱，后庭遗曲[10]。

注释

① 金陵：今江苏省南京市，为南朝旧都。

② 送目：远望。

③ 肃：清肃爽朗。

④ 如簇：像箭头，形容山峰峭拔。

⑤ 棹：船桨。

⑥ 画图难足：用图画也不能完美地表达出来。

⑦ 繁华竞逐：争着过豪华的生活。

⑧ 悲恨相续：指南朝各朝代相继覆亡。

⑨ 商女：歌女。

⑩ 后庭遗曲：即《玉树后庭花》，相传为南朝陈后主所作，被后人视为亡国之音。

译文

登高远望，古老的都城正值深秋季节，天气渐渐转为清冷。绵

延千里、澄澈的长江水，望去像一匹长长的白绢；远处苍翠的山峰簇聚在一起。来来往往的船只被笼罩在夕阳之下，西风吹动着斜插的酒旗。天高云淡，彩绘的舟船在江上行驶，闪光的水面如银河平铺，一群白鹭正上下翻飞，风景优美，就是用图画也难以描绘。

想起从前，这里有多少人争着过豪华的生活。可叹在朱雀门外结绮阁楼，相继发生亡国悲剧。千百年来，站在这高处的人们对此江山，白白地发出了几多兴衰荣辱的感叹。六朝的陈迹已随流水而去，只有寒烟衰草依旧呈现出一片绿色。现如今，歌女仍不停地唱着《玉树后庭花》那首招致亡国的歌曲呢。

赏析与吟诵

这首词是王安石晚年退居金陵时所作，是一首登临怀古的名篇。上阕着重写景，生动地描绘出一幅暮秋傍晚金陵山水图，组成一幅优美和谐的图画。下阕怀古抒情，感叹六朝豪华相继而去，而这种前朝覆亡的教训并没有被后人汲取，表现出词人对国家前途的忧虑。

全词将写景、叙事、抒情完美融合，将词人因失意烦闷而借景抒怀的意绪表达得含蓄深婉，基调沉郁悲壮，笔力清俊遒劲，余音袅袅，让人回味。

念奴娇

赤壁[①]怀古

苏　轼

大江东去，浪淘尽，千古风流人**物**。故垒西边，人道是，三国周郎赤**壁**。乱石穿空，惊涛拍岸，卷起千堆**雪**。江山如画，一时多少豪**杰**。　遥想公瑾当年，小乔初嫁了，雄姿英**发**[②]。羽扇纶巾[3]，谈笑间，樯橹[4]灰飞烟**灭**。故国神游，多情应笑我，早生华**发**。人生如梦，一尊[5]还酹[6]江**月**。

注释

① 赤壁：此指黄州的赤壁，在今湖北省黄冈市西。

② 英发：神采焕发。

③ 羽扇纶巾：（手持）羽毛扇，（头戴）纶巾。这是儒者的装束，形容周瑜有儒将风度。

④ 樯橹：桅杆和桨，代指曹操的战船。

⑤ 尊：同“樽”，一种盛酒器。这里指酒杯。

⑥ 酹：将酒洒在地上，表示凭吊。

译文

大江不停地向东流去，江水将自古以来杰出的英雄人物都淘汰尽了。在旧时营垒的西边，人们都说那就是三国时让周郎英名大振的赤壁。只见陡峭不平的石壁直插天空，惊心动魄的巨浪拍打着堤岸，水面上卷起了千万堆像雪一样的浪花。江山风景如画，一时之间，这里集中了多少英雄豪杰啊！

想那遥远年代的周公瑾，当年小乔才嫁给他不久，他是多么英姿飒爽、精神焕发啊！他一身儒将装束，手摇羽毛扇、头戴青丝巾，就在说说笑笑之间，曹操百万大军战船在冲天而起的烈焰中灰飞烟灭了。我神游于故国旧地，大家该笑我太多愁善感而早生白发了吧！人间之事都如梦幻，还是把一杯酒献给江上的明月，和我同饮共醉吧！

赏析与吟诵

这首词写于词人谪居黄州，游黄州赤壁矶之时，是一首抚今追昔

的怀古词。上阕借景抒情，将读者带入历史的沉思之中，唤起人们对人生的思索，气势恢宏。下阕突出对风姿潇洒、人才出众的周瑜的景仰之情，同时也抒发了人生无常的感慨。

全词基调激昂慷慨，风格雄浑豪壮，大气磅礴，是词人豪放风格的代表作之一，也是一曲千古绝唱。

水龙吟

登建康赏心亭[①]

辛弃疾

楚天千里清秋，水随天去秋无际。遥岑[②]远目，献愁供恨，玉簪螺髻[③]。落日楼头，断鸿[④]声里，江南游子。把吴钩[⑤]看了，栏干拍遍，无人会、登临意。　休说鲈鱼堪脍，尽西风，季鹰归未？求田问舍，怕应羞见，刘郎才气。可惜流年，忧愁风雨，树犹如此！倩[⑥]何人唤取，红巾翠袖，揾[⑦]英雄泪。

注释

① 赏心亭：在建康（今南京）城西下水门城上，面临秦淮河。

② 岑：远山。

③ 玉簪螺髻：玉做的簪子和像海螺形状的发髻。比喻山的形状。

④ 断鸿：失群的孤雁。

⑤ 吴钩：吴地所制的弯形宝刀。这里以吴钩自喻，空有一身才华，得不到重用。

⑥ 倩：请托。

⑦ 揾：揩拭。

译文

楚地的秋天千里清朗，江水随着蓝天远去，秋色无边无际。眺望远处的峰峦，有的像碧玉簪，有的像青螺髻，它们引起我无穷的愁和恨。在落日返照的楼台上，在孤飞大雁的叫声里，伫立着我这个来江南的游子。我抽出宝刀来看了又看，万分感慨地拍遍了所有栏杆，却没有人理解我登临此楼的心意。

我不想像古人那样，回家乡去吃脍鲈鱼之类的美味佳肴了，尽管西风劲吹，我怎么能像张季鹰那样回家？我若是为了置田买房，只怕羞于见到刘备那样雄才大略的人。可惜大好时光如流水一样逝去，连树木都忧愁风雨的吹打，何况是有情的人呢！还是叫上几个披红着绿的歌女来，为英雄擦去脸上失意的眼泪吧。

赏析与吟诵

这首词是词人在建康任职时所作。上阕写景，兼及抒情。下阕抒情，运用三个典故，将“登临意”道出，交织着出世和隐退的矛盾。结尾两句尤显沉痛，形象地道出了词人满腔爱国热情。

全词从写景入手，然后融情入景，汇成一片，孤愤直抒，豪气凌云。此词为辛弃疾名作之一。

菩萨蛮

书江西造口[①]壁

辛弃疾

郁孤台[②]下清江[③]**水**，中间多少行人**泪**。西北望长**安**[④]，可怜无数**山**。　　青山遮不**住**，毕竟东流**去**。江晚正愁**予**，山深闻鹧**鸪**[⑤]。

注释

① 造口：即皂口，镇名。在今江西省吉安市万安县西南。

② 郁孤台：古台名，在今江西省赣州市西南贺兰山上。

③ 清江：赣江与袁江合流处旧称清江。

④ 长安：此处代指北宋都城汴京。

⑤ 鹧鸪：鸟名，鸣声悲切。

译文

郁孤台下这赣江的水，包含了多少遭受金兵侵扰而流离奔逃人的眼泪啊！我向西北眺望故都，可怜它被无数青山阻隔在千里之外。

青山能遮住视线，却挡不住带着无尽怨恨的江水向东流去。傍晚时分，我正在江边发愁，又听到深山里传来鹧鸪鸟的鸣叫声，更感悲切凄凉。

赏析与吟诵

这是一首登高望远、抒愤排忧的词作。上阕写词人登郁孤台远望而兴起的悲情，不见长安暗喻了政权的沦落。下阕视线由上而下，水之东流亦是词人心向朝廷的忠贞写照。

词作紧扣“水”字着笔，运用比兴手法，表现了词人强烈的忧国之情。此词兼有苍健与沉郁顿挫之美，堪称词史上的绝佳之作。“青山遮不住，毕竟东流去”，历来成为人们传诵的名句。

南乡子

登京口①北固亭②有怀

辛弃疾

何处望神州③？满眼风光北固**楼**。千古兴亡多少事？悠**悠**④。不尽长江滚滚**流**。　　年少万兜**鍪**⑤，坐断⑥东南战未**休**。天下英雄谁敌手？曹**刘**。生子当如孙仲**谋**。

注释

① 京口：今江苏省镇江市。

② 北固亭：在今镇江东北的北固山上。

③ 神州：中原地区。

④ 悠悠：形容漫长、久远。

⑤ 兜鍪：古代作战时兵士所戴的头盔。这里代指士兵。

⑥ 坐断：占据。

译文

什么地方可以看见中原呢？满眼都是北固楼一带美好的风光。从古至今，有多少国家兴亡的大事啊？说不清。年代太久了，只有长江的水滚滚东流，永远奔流不息。

当年孙权在青年时代，就带领千军万马占据东南，坚持抗战，没有向敌人低头和屈服过。天下的英雄有谁是孙权的对手呢？只有曹操和刘备。难怪曹操说："生子当如孙仲谋"。

赏析与吟诵

此词将登临怀古和感慨国事交融在一起，借古喻今，表现了词人

对中原的怀念和对南宋朝廷屈辱苟安的指责。

全词上阕借景抒情，下阕借古喻今，感情激越，笔法活泼，两用问答，前后呼应。通篇没有一句指责南宋朝廷的话，但意在言少，发人深思。吟诵时要将借曹操赞赏孙权的话以及讽刺南宋统治者的怯懦畏敌的情绪体现出来。

永遇乐

京口[1]北固亭怀古

辛弃疾

千古江山，英雄无觅，孙仲谋[2]**处**。舞榭歌台，风流总被，雨打风吹**去**。斜阳草树，寻常巷陌，人道寄奴[3]曾**住**。想当年，金戈铁马，气吞万里如**虎**。　元嘉草草，封狼居胥[4]，赢得仓皇北**顾**。四十三年，望中犹记，烽火扬州**路**。可堪回首，佛狸[5]祠下，一片神鸦[6]社**鼓**。凭谁问：廉颇[7]老矣，尚能饭**否**？

注释

① 京口：古城名，故址在今江苏省镇江市。

② 孙仲谋：三国时吴王孙权，字仲谋。

③ 寄奴：南朝宋武帝刘裕的小名。

④ 封狼居胥：汉武帝元狩四年（前119），霍去病远征匈奴，歼敌七万余，封狼居胥山而还。

⑤ 佛狸：北魏太武帝拓跋焘的小名。

⑥ 神鸦：吃祠神祭品的乌鸦。

⑦ 廉颇：战国时赵国名将。

译文

千古江山依旧，却无处寻觅孙仲谋那样的英雄豪杰。昔日繁华的舞榭歌台还在，英雄人物却随着岁月的流逝而不复存在。斜阳照着长满草树的普通小巷，人们说刘裕曾在这里寄住。想当年，他指挥金戈铁骑，气吞万里，威猛如虎。

元嘉年间刘义隆草草出兵北伐中原，梦想如霍去病在狼居胥山封坛祭天，作为全胜纪念，却落得惊慌败北狼狈逃窜。上次失败至今已四十三年了，我遥望中原，扬州路上那杀敌的烽火还历历在目。不堪回首，当年侵掠中原的拓跋焘祠庙香火盛烧，一片神鸦鸣噪、社鼓喧闹。向谁去询问，廉颇老将军饭量可好？

赏析与吟诵

这是一首怀古咏今词。此词抒发了词人怀才不遇、不被重用的忧愤情怀。上阕起句雄浑，大气磅礴；接着追忆称雄江南、建功立业的历史人物，感叹沧桑巨变，歌台舞榭，遗迹沦湮，读之使人黯然神伤。下阕今昔对照，用古事影射现实。末三句用廉颇的典故表达词人虽年老却壮心不已，渴望精忠报国的心情。

整首词抚今追昔，豪壮悲凉，义重情深，沉郁顿挫，感慨万端。

点绛唇

绍兴乙卯登绝顶小亭

叶梦得

缥缈[①]危[②]亭，笑谈独在千峰**上**。与谁同**赏**，万里横烟**浪**[③]。

老去情怀，犹作天涯**想**[④]。空惆**怅**[⑤]。少年豪**放**，莫学衰翁[⑥]**样**。

注释

① 缥缈：隐隐约约，若有若无。

② 危：高，陡。

③ 烟浪：烟云如浪，指云海。

④ 天涯想：指恢复中原万里河山的愿望。

⑤ 惆怅：失望，失意。

⑥ 衰翁：年迈体弱的老头儿。

译文

在高耸入云的绝顶小亭上，我独自登上去，谈笑风生。有谁和我共同欣赏这万里美好的云海呢？

我虽然年事已高，但豪情不减当年，仍有去远方立功的念头。可惜现在只剩下失意和伤感了。但还要保持年轻人的豪气和奔放，千万不能学我这衰老之人的模样。

赏析与吟诵

词的上阕，起首一句径直点题，末两句倒装。北方大片失地，山河破碎，已找不到同心同德一起去收回失地的人。下阕表现出老骥伏枥、志在千里的情怀。一个“空”字又回到了无可奈何、孤独寂寞的境界。

小令篇幅不长，却曲折回旋地抒写了词人十分矛盾复杂的心绪。

水调歌头

隐括[1]杜牧之齐山诗

朱　熹

江水浸云影，鸿雁欲南飞。携壶[2]结客，何处空翠渺烟霏。尘世难逢一笑，况有紫萸黄菊，堪插满头归。风景今朝是，身世昔人非。　酬佳节，须酩酊[3]，莫相违。人生如寄[4]，何事辛苦怨斜晖。无尽今来古往，多少春花秋月，那更有危机。与问牛山客，何必独沾衣。

注释

① 隐括：依某某文体原有的内容改写成另一种体裁。此词即隐括杜牧《九日齐山登高》一诗。

② 携壶：拿着酒壶。

③ 酩酊：喝醉。此指喝酒尽兴。

④ 人生如寄：比喻人生短促，如同暂时寄居在世界上。

译文

一江春水，融化了天光云影；万里长空，鸿雁就要南飞。提着酒壶，呼朋引伴；登高远眺，满眼翠绿的山色和缥缈的烟霏。相逢一笑，忘却尘世烦忧。紫色的朱萸，黄色的菊花，纷纷地插在头上。面对眼前景象，登高怀古，不免感叹往事如烟，只有这令人欢愉的风景一如从前。

佳节之际，即使酩酊大醉，也总算没有辜负一片大好时光。生命有限，何苦寻愁觅恨怨夕阳迟暮，只需尽情享受。古往今来，春花秋

月、绵延的时空和生命的乐趣相融汇。我想对各位说，既然从古至今都是如此，那又何必像齐景公一样独自伤感流泪呢？

赏析与吟诵

朱熹在词中注入了自己独特的儒家哲学思想，一改原诗的消极情绪，推陈出新地化出了积极意义。上阕中，词人登上秋山后，无限秋景映入眼帘，“云影”二字，意境深远。结尾两句，壮阔抒怀，颇有几分及时行乐的意味。下阕中，结尾两句化用春秋齐景公的典故。人生无常，变幻难定，无须太执着。

杜牧在诗中的旷达是一种无可奈何的自我安慰，令人压抑。朱熹化用之后，把自然与人生结合，成为了积极面对人生的寄语，点石成金。

满江红

岳　飞

怒发冲冠[①]，凭栏处、潇潇[②]雨**歇**。抬望眼、仰天长啸，壮怀激**烈**。三十功名尘与土[③]，八千里路云和**月**。莫等闲、白了少年头，空悲**切**。　靖康耻[④]，犹未**雪**。臣子恨，何时**灭**？驾长车踏破、贺兰山[⑤]**缺**。壮志饥餐胡虏肉，笑谈渴饮匈奴**血**。待从头、收拾旧山河，朝天**阙**[⑥]。

注释

① 怒发冲冠：因愤怒头发都竖了起来。

② 潇潇：风雨急骤的样子。

③ 尘与土：比喻微不足道。

④ 靖康耻：靖康二年（1127），金兵攻破汴京，掳徽、钦二帝北

去，北宋灭亡。

⑤ 贺兰山：贺兰山脉位于今宁夏回族自治区与内蒙古自治区交界处。此借指敌占区。

⑥ 朝天阙：意思是到宫殿里拜见皇帝，向皇帝报喜。天阙，指皇帝住的宫殿。

译文

我愤怒得头发都竖了起来，独自登高凭栏远眺，骤急的大雨突然停了下来。我抬头远望天空，大声长啸，一片报国之心充满心怀。三十多年来虽然建立了一些功名，却像尘土一样微不足道。南北转战八千里，经过多少风云人生。好男儿切莫浪费时光，让自己的头发轻易地变白，等到老年再徒自悲伤。

靖康年间蒙受的国耻，至今尚未洗雪。作为臣子，我心中的愤恨何时才能消除？我要驾着战车，长驱北上，直捣敌巢。我恨不得食侵略者的肉来充饥，谈笑间拿那些恶魔的血来解渴。等到重新把昔日大好河山都收复了，我再去拜见皇帝。

赏析与吟诵

这是一首壮怀激烈、传颂千古的爱国主义名篇。上阕写词人渴望杀敌报国的情怀、抱负。下阕写词人雪耻复仇、重整乾坤的豪情壮志。

词中大量运用了夸张、对仗的手法，慷慨激昂，气势磅礴，读来振聋发聩，催人奋进。这首词押仄声韵，声调激越，重抒发壮烈情怀。

水龙吟

西湖怀古

陈德武

东南第一名州，西湖自古多佳丽。临堤[1]台榭，画船楼阁，游人歌吹。十里荷花，三秋桂子[2]，四山晴翠。使百年南渡，一时豪杰，都忘却、平生志[3]。　可惜天旋时异，藉[4]何人、雪当年耻。登临形胜，感伤今古，发挥英气。力士推山[5]，天吴[6]移水，作农桑地。借钱塘[7]潮汐，为君洗尽，岳将军泪。

注释

① 堤：西湖筑有苏堤、白堤。

② 桂子：桂花。

③ 平生志：指收复中原的雄心壮志。

④ 藉：凭借，依靠。

⑤ 力士推山：传说古时巴蜀有五丁力士能移山。

⑥ 天吴：海神名。

⑦ 钱塘：钱塘江，经杭州入海。

译文

杭州有美丽的西湖，自古以来这里是美女如云的地方。临堤有台榭楼阁，游船上到处都是游人的歌声。这里有很多荷花，秋天时桂花开放，四面青山翠绿如画。宋室南渡一百多年来，有多少英雄豪杰都忘记了收复中原的豪情壮志。

太可惜了，现在还能依靠谁去扭转乾坤，雪去靖康之耻？登临胜地，不由得感伤古今之事。让我请来五丁力士将山移开，请海神将西湖填平作农桑之地来用，同时借来钱塘的大潮来为岳飞父子报仇雪恨。

赏析与吟诵

词的上阕开头大处落笔扣题，很有气势，展示出一派繁华景象。下阕用“可惜”二字领起，显得心情更为悲痛。“力士推山”三句表达了词人的强烈愿望。结尾三句借钱塘江潮荡涤污浊，用潮水洗尽岳飞的冤屈泪，彻底为岳飞报仇雪恨。

全词由怀古到伤今，由现实到幻想，层层推进。结尾六句气势磅礴，激荡人心，深刻揭示了主题。

念奴娇

驿中言别友人

文天祥

水天空阔，恨东风，不借世间英**物**[①]。蜀鸟吴花残照里，忍见荒城颓**壁**。铜雀春情，金人秋泪，此恨凭谁**雪**？堂堂剑气，斗牛[②]空认奇**杰**。　那信[③]江海余生，南行万里，属[④]扁舟齐**发**。正为鸥盟留醉眼，细看涛生云**灭**。睨柱吞嬴[⑤]，回旗走懿[⑥]，千古冲冠**发**。伴人无寐，秦淮[⑦]应是孤**月**。

注释

① 英物：英雄人物。这里指南宋抗元的将士。

② 斗牛：北斗星和牵牛星。

③ 那信：想不到。

④ 属：托付，这里是以生命托付扁舟。

⑤ 睨柱吞嬴：用蔺相如不畏强秦、完璧归赵之典故。

⑥ 回旗走懿：用诸葛亮设计死后吓退司马懿之典故。

⑦ 秦淮：秦淮河，流经南京市。

译文

江水连天，一片辽阔，可恨东风不肯帮助人间的英雄人物。蜀地的子规、金陵的花草都在夕阳斜照中，怎能忍心看到这荒芜的都城和颓废的墙壁。铜雀台的春恨之情，金铜仙人的秋日眼泪，这个亡国耻辱要靠谁来洗雪？光芒四射的剑气直冲云霄，辜负了它把自己作为豪杰。

想不到脱险越过江海得到余生，历尽艰险往南行程万里，把生命托付给小舟一齐出发。为的是与海鸥结成盟友才留下这双醉眼，仔细观察波涛起伏、烟云幻灭。要像蔺相如持壁睨柱压倒秦嬴，像蜀军反旗鸣鼓惊走司马懿，千古流传着冲冠的怒发。夜里难以入睡，只有秦淮河上的明月在默默地陪伴着我。

赏析与吟诵

这是一首慷慨悲壮之词。词中洋溢着生生不息的壮志豪情和坚贞不屈的斗争精神。词的上阕情景交融，把金陵风物作为感情的附着物融入感情之中，别有一番风韵。词人从戎报国却不幸深陷囹圄，不禁慨叹国耻何时可雪。下阕词人回顾自己抗元的艰辛历程，抒发其矢志不移的民族斗志。

全词大量使用历史典故，语调激昂，气势恢宏，意境开阔，读之荡气回肠。

柳梢青

春 感

刘辰翁

铁马蒙毡[①]，银花[②]洒泪，春入愁城。笛里番腔[③]，街头戏鼓，不是歌声。　那堪独坐青灯。想故国、高台月明。辇下[④]风光，山中岁月[⑤]，海上心情[⑥]。

注释

① 铁马蒙毡：在战马身上披一层毡毛保暖。这里指元朝骑兵。

② 银花：明亮的花灯。

③ 番腔：少数民族乐器的曲调。

④ 辇下：皇帝车驾之下，指京城。

⑤ 山中岁月：意思是隐居不仕，在山中度日。

⑥ 海上心情：临安陷落后，爱国志士多从海上转移到广东、福建一带继续抗元，故云。

译文

到处都是披着毛毡的元朝骑兵，亡国后，人们去观看上元灯市，花灯好像也伴人洒泪。春天来了，城里的人还是愁眉不展。笛子里吹奏出的是蒙古族的腔调，街头戏鼓唱的都不成歌曲。

我无可奈何地坐在青灯下，想起故国高台明月和京城美丽的山川风景。虽然现在我过着隐居的自由自在的生活，却想着从海上逃亡参加抗元战争的爱国志士们。

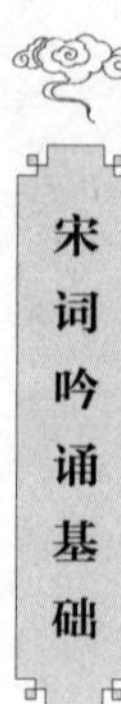

赏析与吟诵

词人先写被敌人占领的“愁城”中的悲惨景象，再写怀想故国当年的繁华情况，最后对抗元志士寄予殷切的期望。

本词借助于想象，文风质朴，感情沉郁，反映了当时社会生活的一个侧面。吟诵时要将词人孤苦寂寞、满怀悲痛的心境和对故国的怀念抒发出来。

摸鱼儿

辛弃疾

淳熙己亥，自湖北漕[①]移湖南，同官王正之[②]置酒小山亭，为赋。

更能消[③]、几番风雨，匆匆春又归**去**。惜春长怕花开早，何况落红无**数**。春且**住**，见说道，天涯芳草迷归**路**。怨春不**语**。算只有殷勤[④]，画檐蛛网，尽日惹飞**絮**。　长门[⑤]事，准拟佳期又**误**。蛾眉[⑥]曾有人**妒**。千金纵买相如赋，脉脉[⑦]此情谁**诉**？君[⑧]莫**舞**，君不见，玉环飞燕[⑨]皆尘**土**！闲愁最**苦**。休去倚危栏[⑩]，斜阳正在，烟柳断肠**处**。

注释

① 漕：漕司的简称，指转运使。

② 同官王正之：诗人调离湖北转运副使后，由王正之接任原来职务，故称“同官”。

③ 消：经受。

④ 算只有殷勤：想来只有檐下蛛网还殷勤地沾惹飞絮，留住春色。

⑤ 长门：汉代宫殿名，武帝皇后失宠后被幽闭于此。

⑥ 蛾眉：美女的代称，此指陈皇后。

⑦ 脉脉：绵长深厚。

⑧ 君：指善妒之人。

⑨ 玉环飞燕：杨玉环、赵飞燕，皆貌美善妒。

⑩ 危栏：高楼上的栏杆。

译文

还经得起几回风雨，春天又将匆匆归去。爱惜春天的我常怕花开得过早，何况此时已落红无数。春天啊，请暂且留步，难道没听说，连天的芳草已迷失你的归路？真让人恨啊！春天就这样默默无语。看来殷勤多情的，只有雕梁画栋间的蛛网，为留住春天整天沾染飞絮。

长门宫阿娇盼望重被召幸，约定了佳期却一再延误，都只因太美丽有人嫉妒。纵然用千金买了司马相如的名赋，这一份脉脉深情又向谁去倾诉？奉劝你们不要得意忘形，难道你们没看见，红极一时的玉环、飞燕都化作了尘土！闲愁折磨人最苦。不要去登楼凭栏眺望，一轮就要沉落的夕阳正在那令人断肠的烟柳迷蒙之处。

赏析与吟诵

这是一首惜春词。实际上，词人利用惜春来表达对国事日非、壮志难酬的愤激与忧虑。全篇用比兴手法，上阕写对春光的怜惜，下阕写如花的美人也会化为尘土。

此词将婉约与豪放统一于一篇之中，乃词中所少见。吟诵时要表达出对美好事物遭受摧残的沉痛忧愁和遭受排挤打击的苦闷心情。

鹧鸪天

辛弃疾

有客慨然谈功名，因追念少年时事，戏作。

壮岁旌旗拥万夫[①]，锦襜突骑渡江初[②]。燕兵夜娖银胡簶[③]，汉箭朝飞金仆姑。　追往事，叹今吾，春风不染白髭须[④]。却将万字平戎策，换得东家种树书。

注释

① 壮岁旌旗拥万夫：指词人领导起义军抗金时，正二十岁出头。

② 锦襜突骑渡江初：指词人南归前统帅部队和敌人战斗之事。锦襜突骑，穿锦绣短衣的精锐骑兵。襜，战袍。

③ 燕兵夜娖银胡簶：意谓金兵在夜晚枕着箭袋小心防备。燕兵，此处指金兵。娖，整理。

④ 髭须：胡子。唇上曰髭，唇下为须。

译文

我年轻的时候带着一万多的士兵、精锐的骑兵们渡过长江。金人的士兵晚上在准备着箭袋，而我们汉人的军队一大早向敌人射去名叫金仆姑的箭。

追忆着往事，感叹如今的自己，春风也不能把我的白胡子染成黑色了。我看把那长达几万字能平定金人策略的书，拿去跟东邻换书学习栽树种草吧。

赏析与吟诵

此词是词人晚年闲居时所作。上阕描写词人青年时期的壮举，旌旗蔽天，战功赫赫。下阕描写今日的失落，鬓须花白，闲居村落，在相互的比较中表现出浓厚的失意之情。

此词的上阕豪情满怀，慷慨激昂，下阕则无可奈何，沉郁悲凉。字里行间表现了词人的抑郁不平与愤慨之情，吟诵时要把握好这一点。

渔家傲

秋　思

范仲淹

塞下[①]秋来风景**异**，衡阳雁去[②]无留**意**。四面边声[③]连角**起**，千嶂[④]**里**，长烟落日孤城**闭**。　　浊酒一杯家万**里**，燕然未勒[⑤]归无**计**。羌管[⑥]悠悠霜满**地**，人不**寐**，将军白发征夫[⑦]**泪**。

注释

① 塞下：指西北边塞。

② 衡阳雁去：相传每年秋季北雁南飞，到湖南衡阳的回雁峰而止。

③ 边声：泛指边地的马声、号角声等。

④ 嶂：像屏障一样的山峰。

⑤ 燕然未勒：指功名未成。

⑥ 羌管：即羌笛，这里泛指边地少数民族的乐器。

⑦ 征夫：指士兵。

译文

秋天到了，西北边塞的风光和江南不同。大雁又飞回衡阳了，一

点也没有停留之意。黄昏时，军中号角一吹，周围的马声、笛声等也随之而起。层峦叠嶂里，暮霭沉沉，山衔落日，孤零零的城门紧闭。

饮一杯浊酒，不由得想起万里之外的家乡，眼下战事未平，功名未立，不能早作归计。悠扬的羌笛响起，天气寒冷，霜雪满地。夜深了，将士们都不能安睡，将军为操持军事须发已变白，战士们久戍边塞不能回家，伤心地流下了眼泪。

赏析与吟诵

此词是范仲淹任陕西经略副使镇守西北边庭期间所作。上阕着重写景，主要描写边塞的荒凉、寒苦，连南归的大雁都似乎没有一点留恋之意。下阕着重抒情，意境苍凉壮阔，描述将士们因强敌未灭、边功未立，不能回家的思乡之情。

全词格调高昂，感情悲壮，表现出一种强烈的爱国思想。本词在题材、情调和艺术等方面为宋词开拓了新的领域，对豪放词的发展影响深远。

玉楼春

戏林推[①]

刘克庄

年年跃马长安**市**，客舍似家家似**寄**[②]。青钱[③]换酒日无何[④]，红烛呼卢[⑤]宵不**寐**。　　易挑锦妇机中**字**[⑥]，难得玉人心下**事**。男儿西北有神州，莫滴水西桥畔**泪**。

注释

① 林推：姓林的节度推官，词人的同乡。

② 寄：客居。此句说客居的日子多于家居的日子。

③ 青钱：古时的铜钱成色不同，分为青钱、黄钱两种。

④ 无何：不过问其他的事情。

⑤ 红烛呼卢：晚上点烛赌博。呼卢，古代的一种赌博游戏。

⑥ 锦妇机中字：织锦中的文字。

译文

年年骑着高头大马在京城里东奔西跑，竟然把客舍当成了家里，家里反而像寄宿的地方一样。每天拿着青铜大钱买酒狂饮，无所事事一天混到晚；晚上点起红烛掷骰赌博，经常彻夜不眠。

你应该知道，妻子的真情容易得到，歌女的心思却难以触摸猜透。西北的神州还没有收复，男子汉应该有收复故土的豪情壮志，切不要为了红粉知己而轻易流下几行男儿泪。

赏析与吟诵

这是一首规劝友人的词作。上阕极力描写朋友的浪漫和豪迈。下阕规劝朋友，含蓄地指出他迷恋青楼、疏远家室的错误。

整首词气劲辞婉，外柔中刚，谐中寓庄，亦别具风味。吟诵时要将词人的豪放气魄抒发出来。

破阵子

为陈同甫[1]赋壮词以寄之

辛弃疾

醉里挑灯看剑，梦回[2]吹角连营。八百里[3]分麾下炙[4]，五十弦[5]翻[6]塞外声，沙场秋点兵。　马作的卢[7]飞快，弓如霹雳[8]

弦惊。了却君王天下事⑨，赢得生前身后名。可怜白发生！

注释

① 陈同甫：名亮，字同甫，与词人同为南宋初年主战派人物，遭受投降派打击。

② 梦回：梦中回到。

③ 八百里：指牛，这里指酒食。

④ 炙：烤熟的肉食。

⑤ 五十弦：原指瑟，这里泛指乐器。

⑥ 翻：弹奏。

⑦ 的卢：骏马名，性烈。

⑧ 霹雳：响雷，震雷。这里喻指射箭时弓弦的响声。

⑨ 天下事：收复疆土、一统天下的大业。

译文

酒醉时还挑亮油灯，深情地端详心爱的宝剑，不知不觉酣然入睡，梦中听到军营的号角声响成一片。把酒食分给部下享用，用各种乐器弹奏起雄壮的军乐鼓舞士气。秋高马肥，正是练兵检阅军队的好时节。

骑着飞快的战马，风驰电掣般奔赴前线，弓弦雷鸣，英勇杀敌。为了完成君王收复疆土的大业，使自己生前身后都留下美名。可惜自己已是满头白发却壮志未酬。

赏析与吟诵

这首词抒发了词人壮志未酬的悲愤。从戎杀敌，收复中原，是其寤寐不忘的夙愿。全词前九句所写的军容、雄心，酣畅淋漓，都是想象之辞，是词人理想的写照，具有浓厚的浪漫色彩。

就章法讲，这首词打破传统，前九句和结尾一句各为一层。前后两层意思，两相映照。“可怜白发生”，以悲咽作结。过去的辉煌都化作一瞬的醉梦，映照着现实中的白发苍颜，情何以堪！此词因此壮之极，也悲之极。

浪淘沙令

王安石

伊吕[①]两衰**翁**，历遍穷**通**[②]。一为钓叟[③]一耕**佣**[④]。若使当时身不遇，老了英**雄**。　汤武[⑤]偶相**逢**，风虎云**龙**[⑥]。兴王[⑦]只在笑谈**中**。直至如今千载后，谁与争**功**！

注释

① 伊吕：指伊尹与吕尚。伊尹，名挚，尹是后来所任的官职。后来汤王擢用他灭了夏，伊尹成为了商的开国功臣。吕尚，姓姜，名尚，字子牙，世称姜子牙。他晚年在渭水河滨垂钓，遇周文王，受到重用，辅武王灭商，封侯于齐。

② 穷通：穷，处境困窘；通，处境顺利。

③ 钓叟：钓鱼的老翁，指吕尚。

④ 耕佣：指曾为人佣耕的伊尹。

⑤ 汤武：汤，商汤王，商朝的创建者。武，周武王姬发，周朝建立者。

⑥ 风虎云龙：易经中有“云从龙，风从虎”，此句将云风喻贤臣，龙虎喻贤君，意为明君与贤臣合作有如“云从龙，风从虎”，建邦兴国。

⑦ 兴王：兴国之王，即开创基业的国君。这里指辅佐兴王。

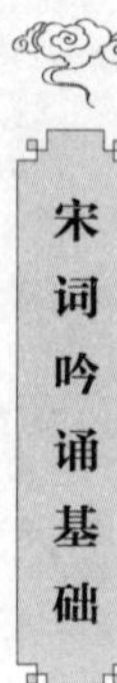

译文

伊尹和吕尚两位老人，困窘和顺利的境遇全都经历过了。他俩一位是钓鱼翁，一位是农夫。如果两位英雄遇不到英明的君主，最终也只能老死于山野之中。

他们偶然与商汤王和周武王相遇，英明的君主得到了贤臣，犹如“云从龙，风从虎”一般，谈笑中建起了王业。直到千载之后的今天，谁又能与他们所建立的丰功伟业一争高下！

赏析与吟诵

这是一首咏史词。词人借伊、吕两位古代贤臣的际遇和名垂史册的功绩，寄托着自己的感慨和理想。上阕写伊、吕前半生，所谓穷。下阕写伊、吕的后半生，所谓通。

词人表达了对古代社会君臣际遇的哲理思索，同时也抒写了对英雄豪杰的敬仰之情和对功名事业的追求之心。

霜天晓角

题采石[①]蛾眉亭

韩元吉

倚天绝**壁**，直下江千**尺**。天际两蛾凝黛[②]，愁与恨，几时**极**[③]！

暮潮风正**急**，酒阑闻塞**笛**[④]。试问谪仙[⑤]何处？青山[⑥]外，远烟**碧**。

注释

① 采石：采石矶，在安徽当涂县西北牛渚山下，突出于江中。峨眉亭建在绝壁上。

② 两蛾凝黛：把长江两岸东西对峙的梁山比作美人的黛眉。

③ 极：穷尽，消失。

④ 塞笛：边防军队的笛声。

⑤ 谪仙：指李白。李白死于当涂，初葬采石矶，后改葬青山。

⑥ 青山：在安徽当涂县东南，山北麓有李白墓。

译文

登上蛾眉亭凭栏望远，只见牛渚山峭壁如削、倚天而立。飞瀑千尺，悬空奔流，泻入滔滔长江。那蛾眉间凝聚的愁与恨何时消散？

傍晚时分，江水正卷起连天怒潮，浪高风急；酒意初退，耳畔不断传来边防军队吹奏的笛声。请问到哪里去寻找诗仙李白的踪迹？在那万重青山外，千里烟波的尽头、郁郁葱葱的地方。

赏析与吟诵

此词为作者登蛾眉亭远望，因景生情而作。全词风格豪放，气势恢宏。

上阕以写景为主，情因景生。词中运用拟人与比喻相结合的手法，说的是蛾眉含愁带恨，其实发泄的是词人内心忧国忧民的愁苦。下阕以抒情为主，情景交融。结句“青山外，远烟碧”，意境开阔，令人神往。

诉衷情

陆　游

当年万里觅封**侯**[1]，匹马戍梁**州**[2]。关河梦断[3]何处？尘暗旧貂**裘**。

胡未灭，鬓先**秋**，泪空**流**。此生谁料，心在天山[4]，身老沧**洲**。

注释

① 觅封侯：寻觅建功立业的机会。

② 梁州：今陕西汉中一带，因梁山得名。

③ 梦断：梦醒。

④ 天山：在中国西北部，是汉代和唐代的边界。借指抗金前方。

译文

我回忆当年奔赴万里外的边疆，寻找建功立业的机会。单枪匹马奔赴边疆，保卫梁州。如今防守边疆要塞的生活只能在梦中出现，梦醒后不知它在何处？唯有自己在军中穿过的貂皮裘衣，已沾满灰尘变得又暗又旧。

金兵还未消灭，自己的双鬓却早已白如秋霜。只能让忧国的眼泪白白地流淌。谁能知道我这一生，心始终在前线抗敌，人却老死在江湖。

赏析与吟诵

这首词是词人晚年退居绍兴镜湖以后写下的。陆游青壮年时期便抱有北伐中原、收复失地的雄心大志。词的上阕回顾自己当年驰骋疆场、为国杀敌的英雄气概。下阕写壮志未酬、人老身退的惆怅之情，表达了词人对南宋统治者的不满。

全词激越沉郁，抒发了英雄老迈的无奈与苍凉，感慨无穷。

渔家傲

李清照

天接云涛[①]连晓**雾**，星河[②]欲转千帆**舞**。仿佛梦魂归帝**所**[③]，闻天**语**，殷勤问我归何**处**。　　我报路长嗟[④]日**暮**[⑤]，学诗谩[⑥]有惊人**句**。九万里风鹏正**举**。风休**住**，蓬舟[⑦]吹取三山[⑧]**去**!

注释

① 云涛：如波涛翻滚的云。一说指海涛。

② 星河：银河。

③ 帝所：天帝居住的地方。

④ 嗟：慨叹。

⑤ 日暮：指前途黯淡。

⑥ 谩：徒然，空有。

⑦ 蓬舟：如飞蓬般轻快的船。

⑧ 三山：传说海中有三座仙山，即蓬莱、方丈、瀛洲。

译文

拂晓前，云彩铺在天空就像起伏的波涛；天河在流转着，像是成千的帆船在天河里飞舞。仿佛是梦魂要到天帝住的宫殿里去，我听到天帝在关心地问我要到哪里去。

我告诉天帝：现在日暮途远，无法到达。自己枉有妙句人称道。我要像大鹏一样高飞九万里。风儿你要吹个不停，将我送到海上三座仙山上去。

赏析与吟诵

这首词用记梦的方式，表达了词人追求光明、向往自由的强烈愿望。上阕写梦中飞天，见到神奇壮观的景象，并遇到仙人。下阕写其与仙人的对话，表达不甘受压迫、追求理想世界的心声，同时也看出词人在现实中的苦闷。

全词想象丰富，气势豪迈，风格近豪放派，别具一格。

鹧鸪天

西都[①]作

朱敦儒

我是清都[②]山水郎，天教分付与疏狂[③]。曾批给雨支风券，累[④]上留云借月章[⑤]。　诗万首，酒千觞[⑥]。几曾着眼看侯王？玉楼金阙慵[⑦]归去，且插梅花醉洛阳。

注释

① 西都：宋代称洛阳为西京。

② 清都：传说中天帝的宫殿。

③ 疏狂：狂放不羁。

④ 累：数次。

⑤ 章：奏章。

⑥ 觞：古代的盛酒器。

⑦ 慵：困倦，懒。

译文

我是天宫里掌管山水的郎官，玉皇大帝赋予我的权力很大。我可以给雨支风，再加上留云借月。

平日吟诗万首，喝酒千杯也不醉。高官厚禄我没想要，也没有正面看上几眼王侯将相。皇宫里的玉楼金阙都懒得去享用，只想在家里插枝梅花，饮酒醉倒在花都洛阳城中。

赏析与吟诵

这首词被视为词人的代表作。作者以山水间闲人自居，表现了他的傲岸与疏狂，也表现了封建文人对人格独立、个体尊严的追求，是士之文化精神的再现。

全词语言明快，形象鲜明，直抒胸臆，读来令人感佩。

望海潮

柳　永

东南形胜[①]，三吴[②]都会，钱塘[③]自古繁**华**。烟柳画桥，风帘翠幕，参差[④]十万人**家**。云树绕堤**沙**，怒涛卷霜雪[⑤]，天堑[⑥]无**涯**。市列珠玑[⑦]，户盈罗绮，竞豪**奢**。　　重湖叠巘[⑧]清**嘉**，有三秋桂子，十里荷**花**。羌管弄晴，菱歌泛夜，嬉嬉钓叟莲**娃**。千骑拥高**牙**[⑨]，乘醉听箫鼓，吟赏烟**霞**[⑩]。异日图将好景，归去凤池[⑪]**夸**。

注释

① 形胜：位置优越、山川秀美之地。

② 三吴：指古代吴兴郡、吴郡、会稽郡。此三郡曾属吴国，故称“三吴”。

③ 钱塘：即浙江杭州。

④ 参差：形容楼阁高低不一。

⑤ 霜雪：形容白色的浪花。

⑥ 天堑：天然的壕沟。

⑦ 珠玑：泛指珠宝。

⑧ 叠巘：重叠的山峰。

⑨ 高牙：高扬的军旗。此指大官出行的仪仗。

⑩ 烟霞：指山水风景。

⑪ 凤池：凤凰池，唐宋时代中书省的美称，为国家最高行政机关。这里指代朝廷。

译文

杭州地处东南方，地理位置优越，山川秀美，是吴国三郡的都会，自古以来就十分繁华。这里有如烟的杨柳、彩绘过的桥、挡风的帘子、青绿色的帐幕，差不多居住着十万户人家。高高的树环绕着沙堤，怒吼着的江涛卷起霜雪似的浪花，钱塘潮雄壮，江面广阔无边。市面上陈列着各种珠宝，家里堆满五色丝绸，人们争着比谁更奢华。

西湖分成里外，青山重重叠叠，风光清秀美丽；有秋天的桂花、十里荷花。晴天时羌笛之声悠扬，到夜间菱歌从水上传来，钓鱼的老翁和采莲的姑娘都笑逐颜开。千余骑的随从簇拥着高扬的大旗，缓缓而来。我在微醺中欣赏着箫鼓，吟咏、观赏着这烟霞风光。他日请人把这美景画下来，好带回朝廷向人们夸耀。

赏析与吟诵

这首词是柳永少年成名之作，也是古典诗词中描绘城市风情的名篇。词人的铺叙文笔从不同的角度描绘了杭州的繁华：西湖的清丽、游人的逸乐，表现了北宋前期杭州的盛况。上阕写杭州的繁华；下阕写西湖风光的清丽和游人的逸乐，是从另一个角度描写杭州的繁华。“三秋桂子，十里荷花”，是后人传诵的名句。

全词笔触由大到小，由远而近，既有群像塑造，也有具象描绘，形象生动，有声有色。此词写得大气磅礴，宏伟壮丽，构思精巧，音韵极佳。

酒泉子

长[①]忆观潮

潘 阆

长忆观**潮**，满郭[②]人争江上**望**。来疑沧海尽成**空**。万面鼓声**中**[③]。

弄潮儿[④]向涛头**立**。手把红旗旗不**湿**。别来几向梦中**看**。梦觉尚心**寒**[⑤]。

注释

① 长：通假字，通“常”，常常，经常。

② 郭：外城，这里指外城以内的范围。

③ 万面鼓声中：潮水涌来时，潮声像万面金鼓，一时齐发，声势震人。

④ 弄潮儿：指朝夕与潮水周旋的水手或在潮中戏水的少年人。比喻有勇敢进取精神的人。

⑤ 心寒：心里感觉惊心动魄。

译文

我常常想起钱塘江观潮的情景，满城的人争着向江上望去。潮水涌来时，仿佛大海都空了，潮声像一万面鼓齐发，声势震人。

踏潮献技的人站在波涛上表演，他们手里拿着的红旗丝毫未被水打湿。此后几次梦到观潮的情景，梦醒时依然感觉心惊胆战。

赏析与吟诵

词的上阕描写观潮盛况，表现大自然的壮观、奇伟。下阕描写弄潮情景，表现弄潮健儿与大自然奋力搏斗的大无畏精神，抒发出人定胜天的豪迈气概。

此词对于钱塘江涌潮的描绘，可谓匠心独运，别具神韵。结句言梦醒后尚心有余悸，更深化了潮水的雄壮意象。

减字木兰花

竞　渡[①]

黄　裳

红旗高**举**[②]，飞出深深杨柳**渚**[③]。鼓击春**雷**[④]，直破烟波远远**回**[⑤]。

欢声震**地**，惊退万人争战**气**[⑥]。金碧楼**西**[⑦]，衔得锦标[⑧]第一**归**。

注释

① 竞渡：划船比赛。每年端午节（农历五月初五），为表达对伟大的爱国诗人屈原的尊敬和怀念，在民间形成的一种传统风俗。

② 红旗高举：高高举起红旗。

③ 渚：水中间的小洲。

④ 春雷：形容鼓声像春雷一样响个不停。

⑤ 远远回：形容龙舟的速度之快。

⑥ 惊退万人争战气：龙舟竞争之激烈气势，就像打仗一样，把观众都惊呆了。

⑦ 金碧楼西：领奖处装饰得金碧辉煌。

⑧ 锦标：古时的锦标，是一面彩缎的奖旗，一般都悬挂在终点岸边的一根竹竿上，从龙舟上就可以摘取到。

译文

竞渡的龙舟高高地挂起一面面红旗，从柳荫深处的水洲出击。鼓声像春天的雷电，冲破烟雾，劈开波涛，直奔远处夺标目的地。

围观人群的欢呼声震天动地，有惊退万人争战的豪气。在金碧辉煌的小阁楼西，夺得锦标的龙舟获得第一名回来了。

赏析与吟诵

这首词描写龙舟竞赛的激烈场面。词人把龙舟竞赛场面写得宏大、扣人心弦、气势磅礴、蔚为壮观。

上阕写竞渡时紧张而热烈的场面：举旗、飞舟、击鼓、破浪。下阕写为了夺标，划船健儿们显现出勇往直前的英雄气概。

江城子

密州[①]出猎

苏　轼

老夫聊发少年**狂**，左牵**黄**[②]，右擎**苍**[③]，锦帽貂裘，千骑[④]卷平**冈**[⑤]。为报倾城随太守，亲射虎，看孙**郎**[⑥]。　酒酣胸胆尚开**张**。鬓微**霜**，又何**妨**！持节云中，何日遣冯**唐**？会挽雕弓如满月，西北望，射天**狼**[⑦]。

注释

① 密州：今山东潍坊诸城市。

② 左牵黄：即左手牵着黄犬。

③ 右擎苍：右臂托着苍鹰。

④ 千骑：形容骑马的随从很多。

⑤ 卷平冈：从平坦的山冈上席卷而过。

⑥ 孙郎：指三国时吴主孙权，曾经骑马射虎。

⑦ 天狼：天狼星。这里喻指侵扰西北边境的西夏军队。

译文

我姑且抒发一下少年的豪情壮志，左手牵着黄犬，右臂擎着苍鹰，头戴着锦帽，身穿貂皮袍，浩浩荡荡的部队如疾风般席卷平坦的山冈。为报答大家都跟着我太守前去打猎，我要像当年的孙权那样，亲自射杀猛虎。

我喝过几杯酒，带着一点醉意，气豪胆大。虽然鬓发微微花白，这又有什么关系呢？朝廷不知哪一天会派冯唐那样的人，拿着符节到云中传达旨意，委我以边防重任？我定当能把雕弓拉得像十五的月亮那样满满的，瞄准西北，射向西夏军队。

赏析与吟诵

这是词人抒发爱国情怀的一首豪放词，在题材和意境方面都具有开拓意义。词的上阕叙事，下阕抒情，“一洗绮罗香泽之态”，读之令人耳目一新。词中既表达了词人亲自射虎的豪情壮志，又表达了盼望朝廷重用的心迹。

全词以酣畅淋漓的笔墨描写会猎习射的雄壮场面，抒发御敌报国的英雄襟怀。此词境界阔大，风格豪放。

水调歌头

苏 轼

丙辰中秋，欢饮达旦，大醉，作此篇，兼怀子由[①]。

明月几时有？把酒问青天。不知天上宫阙[②]，今夕是何年。我欲乘风归去，又恐琼楼玉宇[③]，高处不胜[④]寒。起舞弄清影，何似在人间。　　转朱阁[⑤]，低绮户[⑥]，照无眠。不应有恨，何事长向别时圆？人有悲欢离合，月有阴晴圆缺，此事古难全。但愿人长久，千里共婵娟[⑦]。

注释

① 子由：苏轼的弟弟苏辙，字子由。

② 宫阙：宫殿。

③ 琼楼玉宇：用美玉砌成的楼宇，指想象中的月中仙宫。

④ 不胜：经受不住。

⑤ 朱阁：朱红色的楼阁。

⑥ 绮户：装饰华美的门窗。

⑦ 婵娟：指月亮。

译文

明月从什么时候才有的啊？我端着酒杯向老天发问。也不知道天上的宫殿，今天晚上是什么年月了。我想乘长风回到那里去，又害怕

月宫里太寒冷了。还是让身影随着我翩翩起舞吧，去月宫哪能比得上留在人间好呢。

月光转过红楼，照到了雕有纹饰的门窗前，照见了因有心事而失眠的人。月儿啊，你是不应该有恨的，怎么总是在人家别离的时候圆起来了呢？我想人总是有悲欢离合的，正如月亮有阴晴圆缺一样，这种事自古以来就难以圆满。但愿人能够健康长久地活在这个世界上，虽远隔千山万水，彼此也能共同欣赏这美丽的月亮。

赏析与吟诵

这是一首广为传诵的中秋词，有人誉为中秋词的绝唱。上阕表现词人由超尘出世到热爱人生的思想活动，侧重写天上。下阕融写实为写意，化景物为情思，表现词人对人世间悲欢离合的解释，侧重写人间。

全词想象神奇，境界清远，格调豪迈，既富有浪漫主义情怀，又对人生世态予以哲理思考。“但愿人长久，千里共婵娟”成为千古名句。

后 记

中国是诗的国度。世界上没有哪一个国家像中国一样拥有多如繁星的诗人和诗作。在千古流传的古代文学经典中，唐诗宋词是最为夺目的两颗明珠。“诗言志”“词缘情”。诗词里表现出诗人们的高尚爱国情操，飞扬着他们的凌云壮志，记载着他们的悲欢离合，传递着他们的喜怒哀乐。同时，也渗透了他们对人生的思考，对生活的体验。

吟诗和唱歌，这是古人的生活常态。古代的农民可以即兴唱歌，古代的文人可以即兴吟诗。每天作诗，每天吟诗，这是古代文人的生活方式。今天当我们逐渐失去这种生活方式的时候，我们还能理解古诗词吗？作为一个中国人，不去学习欣赏、吟诵古诗词，特别是唐诗宋词，应该是人生的一种遗憾。

吟诵目前尚在起步恢复阶段，许多问题还要深入探索。经过两年多的努力，在古诗词的瀚海里，终于撷取了一颗海贝。《唐诗吟诵基础》和《宋词吟诵基础》付梓之际，了却了我们一个小小的心愿——要让古诗词走进当代更多人的心里。虽然这是一家之言，我们的研究还有不足之处，但面对祖国的传统文化，我们要时常怀着敬畏之心前行，希望更多人来保护和发掘它。

首都师范大学青年吟诵家徐健顺教授，百忙之中抽出宝贵时间审定了全书，同时撰写了序言，这是对我们最大的关心和支持。在此，深表谢忱！

枣庄市关工委常务副主任高庆喜、副主任许新泉二位领导给予了很多关心和鼓励，在此致以诚挚的谢意。枣庄华润纸业有限公司董事长张辉、总经理孙晋湘对本书的出版给予了大力支持。枣庄市人大常委会原秘书长刘汝良、山东省润丰商务有限公司董事长甘信亮也给予了支持和帮助。在此一并表示感谢。

十多年来，徐健顺教授率领的团队从事吟诵抢救传承工作，取得了很大的成绩，并得到中央有关领导的关心支持和社会的认可，相信在不远的将来，吟诵一定会全面走进校园，走进我们的生活。

最后，用徐健顺老师的一句话共勉：愿吟诵复兴，古诗文复兴，中华文化复兴！

王长海　甘以诺

2020年5月1日